KB043093

파도를 넘어서 케이크

파도를 넘어서 케이크

이재연 지음

프롤로그

어느 순간부터 내 삶은 더 뜨거워지거나 커지기 위한 경주가 아닌, 최대한 움직임 없는 상온의 조용한 흐름이 되기 위한 사투로 바뀌었다. 바쁘게 나 자신을 증명하기 위한 노력엔 희망과 의지 정도의 연료면 충분했지만, 정신이 평화롭고 몸이 편안하기 위해서는 늘 전쟁같이 싸워야 한다. 게으르게 남아 도는 시간이 불안과 자책으로 채워지기 전에 서둘러 움직이며 밀가루며 설탕을 꺼낸다. 하고 싶은 말과 불평을 하는 대신 쿠키를 굽고 버터크림을 만들어보는데 그렇다고 내 감정이 어딜 가지는 않는다. 모진 마음이 거친 말이 되어 드러나기 전에, 손과 팔을 움직여 그런 마음을 부엌과 작업대 위에 흩뿌려 없앤다.

케이크를 굽기 위해 재료를 준비를 할 때, 보통 버터와 달걀은 상온이어야 하는데 언제 베이킹을 할지 미리 예측하여 2시간 전쯤부터 꽤 부지런히 준비해야 한다. 그렇게 준비하면 과정이 춤을 추듯 수월해진다. 그러나 열 번 중 일곱 번은, '이제 한번 만들어볼까' 하고 필요한 재료들을 살펴보다 냉장고 가장 위칸의 차갑고 딱딱한 버터를 써야만 한다. 재료를 끓이고 녹이거나 노른자, 흰자를 분리하는 것과는 다르게, 재료를 실온이 되게 하는 것은 재촉하거나 속도를 낼 수 있는 일이 아니다. 요령이랍시고 전자레인지를 써보기도 하지만, 깜빡하고 있으면 버터가 물처럼 녹아버려 다시 냉동을 해야 한다. 한참 씨름하고 나면 여기저기 다니느라 시달린 버터와 그에 지친 내가 드디어 케이크를 만든다.

추운 날엔 몸을 떨어 추위를 이기고, 겁에 질린 개가 요란하게 몸을 털며 한숨 돌리듯 모든 움직임과 감정의 동요는 가장 적절하고 안정적 상온의 마음으로 가기 위한 몸부림이다. 대단한 걸 바라지도 않고 그냥 중간만 하겠다는데도 그러도록 내버려두질 않는 나의 하루하루와, 그 안에서 상온의 버터로 만든 쿠키들. 내 마음의 근육들을 쥐어짜지 않고는 살아갈 수가 없다. 아무것도 아닌 것이 되는 것은 무척 어렵다.

누구나 그렇지만, 감정적으로 매사에 미리 대비하는 것이 나에게도 불가능하다. 훈련되지 않은 마음과 생각의 날카롭고 차가운 향이, 잘 익은 브라우니처럼 단내 나는 심리적 안정과 보상이 되어가는 과정은 그리 단순하지 않다. 주로 번거롭고 불편하다. 그런 과정에서 답을 찾고, 불안과 화를 가라앉히거나, 더 좋은 곳을 향해 가기 위해 또는 다른 이들과 뭐라도 나눠보려고 글을 쓰기 시작했다. 하지만 사실은, 내가 느끼는 이런 것들에 대해서 그 어디에서도 보고 들은 바가 없어, 오직 나에게만 일어나고 있는 것 같은 이 구체적인 감정들을 어떻게 처치해야 할지, 또 그것을 나 자신에게 어떻게 설명해야 할지 모르겠어서 써내려간 수상록이들이 되었다. 때로는 허무주의자의 공허함으로, 가끔은 공격적이고 눈부신 긍정으로 나를 달래며, 화딱지가 나서 떨어져나가려는 내 감정을 폭신한 케이크 시트와 달고 진한 버터크림으로 붙잡아본다.

　어떤 방식이라도 내 삶에서 케이크는 필연적이다. 수많은 생각과 단어 속에도 변치 않는 것이 있다면, 남을 기쁘게 하면서 어떠한 손해 없이 나를 기쁘게 하는 일은 오직 케이크를 만드는 일 뿐이라는 것이다. 그것을 잃을 수가 없다.

기왕이면
좋아할 사람들에게

쿠키 박스 프로젝트

홈베이커라면 직접 만든 쿠키나 케이크를 혼자 다 먹는
것이 얼마나 어려운 일인지 알고 있다. 매주 베이킹을 한다면,
넘쳐나는 쿠키와 랩에 꽁꽁 싸여 냉동실에 쌓여 있는 케이크
조각들은 예삿일이 아니다. 우선, 내가 아는 사람 중에서
당장 연락해도 이상하지 않을 사람을 생각해본다. 개중에서
만나기가 싫지 않은 사람과 만날 수 있는 거리에 있는 사람은
몇 명인지 생각해본다. 또 거기서 나만큼 케이크와 쿠키를 정말
좋아하고 잘 먹는 사람을 추려본다. 한쪽 손의 손가락도 다
접지 못했다.

가끔은 집에서 만든 것을 이고 지고 출근해 동료들을
불러모아 나누어 먹기도 했다. 누군가에게 쿠키나 케이크를
함께 먹자고 선뜻 제안하기를 어려워하는 나에겐 사람을
불러모으는 것도 부담스러운 일이다. 친한 사람들에게
가서 조용히 "10분 있다 내려와" 라고 말한 뒤, 콩닥거리는

마음으로 케이크를 자른다. 혹여 지나가던 누군가가 "어머, 이게 다 뭐예요?"라 말을 걸어서 이런저런 설명을 해야 할까봐 조마조마해서 급하게 접시에 담다보면 어느새 친한 사람들이 도란도란 모여 파운드케이크나 레몬 타르트를 나누어 먹고 있다. 맛있다는 말을 듣는 것도 정말 쑥스럽고, 이런 거 별로 안 좋아하는데 억지로 먹는 것일까봐 또 미안하기도 하고⋯. 또 매번 이러면 좀 귀찮으려나 해서, 좋아서 한 일이건만 민망한 기분이 되기도 한다.

지난 크리스마스 직전에 이틀 정도 휴가를 내고 집에서 내내 베이킹을 했다. 한국에선 특별히 크리스마스 이브 디너 같은 게 없으니, 그런 분위기를 케이크와 쿠키로라도 사람들과 나누고 싶었다. 초콜릿 케이크, 진저 브레드, 브라우니, 레몬 파운드케이크, 초콜릿 칩 쿠키처럼 평범하고 흔하지만 누구나 좋아할 디저트를 만들어서 회사에 가져갔다. 조금은 나른해질 오후에 조심스럽게 펼쳐놓으니 꽤 많은 사람들에게 그것이 낯설면서도 즐거웠던 것 같다. '아무도 안 먹어서 남아돌면 어쩌지' 하는 조바심과 불안함의 끝에는 표현하기는 어렵지만 좋은 기분이 있었다. 마음의 표현이 서투르거나 매사에 민망해하는 요즘 사람들이 모여 서둘러 디저트를 담아가는 사람들, 수줍게 '잘 먹을게요!' 하는 사람들, 그리고 눈에 안 띄게 지켜보는 나까지. 어색하지만 따뜻한 20분을 보냈다.

베이킹을 자주 하고 싶지만 매번 이런 자리를 만들 수는 없을 것을 안다. 나도 모르게 시식을 강요하는 것 같아서 오래 고민해왔다. 주변 사람들에게 부담을 주지 않으면서 나누는 방법은 없을까. 차라리 모르는 사람들일지라도 원하는 사람들에게 쿠키 박스를 보내는 게 어떨까 생각했다. 중요한 것은 누가 받느냐가 아니라, 애써 만든 쿠키가 버려지지 않고 누군가에게 즐거움을 줄 수 있다는 것이기 때문이었다. 그래서 용기 내어 '이런저런 이유에서 정말로 원하는 사람에게 나누고 싶은데, 원한다면 연락주세요.' 같은 내용으로 공지를 올렸는데, 짧은 시간 안에 예상보다 많은 사람들이 답변을 해왔다. 막상 이렇게 되니 내가 왜 그랬을까, 걱정되고 불안했지만 용기를 내어 연락했을 그 사람들의 마음에 힘 내보기로 했다.

우선 어떤 방식으로 나눌지 계획해야 했는데, 한 사람씩 차례로 쿠키를 전달할지 아니면 한날 한자리에서 나눠 줄지…. 잘 포장된 쿠키 박스가 집으로 배달되어도 기분이 좋을 것 같아서 우편으로 보내기 좋은 디저트들로 골라 내가 잘 만들 수 있는 것, 안 해본 것, 더 연습하고 싶은 것들을 고려해 구성한 쿠키 박스를 만들기로 했다. 실온 보관이 가능하고 쉽게 상하거나 망가지지 않는 것들, 쿠키, 스콘, 파운드케이크처럼 단순한 디저트들이다.

그렇게 해서 쿠키 박스의 첫 사이클을 시작했다. 구성은 피넛 버터 쿠키, 초콜릿 칩 쿠키, 파운드케이크, 쇼트 브레드 초콜릿 청크 쿠키, 얼그레이 스콘이었다. 다섯 가지의 도우를 만들고, 굽고 식혀서 포장하기까지 이틀 넘게 걸렸다. 보내기 전날 밤에는 손으로 잘라 만든 스티커에 쿠키 이름을 적어 붙이고 박스에 담아 착착 쌓았다.

남편은 내가 남을 위해 이렇게 애쓰는 것을 이해하지 못했다. 돈도 받지 않고, 얼굴 한번 본 적 없는 사람에게 이렇게 힘든 일을 왜 해주냐고. 나도 남편에 달리 이렇다저렇다 대꾸하기가 어려워서 별말 없이 포장만 했다.

원해서 선뜻 연락한 것 같아도 누군가는 손을 내밀기가 참 쑥스러웠을 것이고, 또 누구는 내가 만든 쿠키에 대한 믿음으로 연락해 온 것이기 때문에 무척 고맙고 그것에 보답하고 싶은 마음이 컸다. 무엇보다 이것이 나에게 중요한 이유는, 내 주변 말고 좀 더 먼 곳까지 나를 내놓아보고 부딪혀봐야 할 것 같아서였다. 이런 도전을 지금 바로 하지 않으면 나는 이대로 홀로 부엌에 갇힌 두더지가 되어버리는 것 같아서 민망하고 불편해도 해보겠다는 마음이었다. 며칠 뒤 남편이 "생각해봤는데, 보답을 바라지 않고 그냥 마음이 원해서 한다는 건 어려운 일인데 이런 걸 한다는 게 멋진 것 같다"라고 말했다.

몇 차례 쿠키 박스를 보내면서 배운 것들이 있다. 박스를

구성할 때 반복적인 느낌이 드는 것이 싫어 고민을 많이
했는데, 쉽지 않았다. 내 레퍼토리가 부족하고 취향이
한정적이기 때문인 것 같은데, 그래서 더 여러 가지 시도를
해야 하고 더 다양한 맛에 마음을 열어야겠다고 생각한다.
그러나 감당 못 할 목표를 갖는 것도 안 된다. 벅찬 스케줄이나
양을 시도하다가 어수선한 공간에서 바보같이 쿠키를 태워먹고
하나도 제대로 할 수 없으면, 좋은 취지와 노력도 아무 소용이
없어진다. 여러 가지 중 하나를 망쳐도, 받는 사람은 내가
너무 많은 걸 하려다 이렇게 하나 정도 놓칠 수도 있다고
생각해주지는 않기 때문이다.

내가 예상한 것보다 사람들은 아무리 작은 것이라도 자기
자신을 위해 만들어준 것에 감동한다. 별 감흥도 의견도 없고,
줘도 먹어보는 둥 마는 둥 하는 사람들을 대했던 경험과는
굉장히 달랐다. 나는 쿠키와 브라우니가 좋고 그것이 당연한
세상에 살고 있었다. 그러다 갑자기 언어도 문화도 완전히 다른
곳에 던져지고 거기서 헤매다, 나와 비슷한 사람들이 모인
오아시스를 찾았다. 각자 좋아하는 것이 다양하고 서로 다른
반응과 표현 방식이 있지만, 모두가 같은 것을 좋아한다는 것은
분명하다. 비슷한 이유로 서로 다른 쿠키를 좋아하고, 또 서로
다른 이유로 같은 쿠키를 좋아하기도 한다. 언제라도 쿠키
박스를 보낼 수 있다는 생각에, 외롭지 않다.

언제까지 이걸 계속해나갈 수 있을지는 잘 모르겠다. 가끔 몸과 마음이 지치고 정말 베이킹이 느는지도 의문이다. 그렇지만 내가 얻는 것은 복잡한 일을 단순화하고 정리 정돈하여 실행하는 연습이다. 뿐만 아니라 조용히 즐기는 여가 시간을 새로운 의미로 확장하여 소극적이고 개인적인 만족보다 더 가치 있는 것으로 만들어주는 기회이기도 하다. 아무 감정이 존재하지 않는 곳에 무언가를 만들어내는 일은 신발 한 켤레를 사는 것보다, 즐겁게 술에 취하는 것보다 훨씬 더 생산적이다. 이 기쁨이 나에게만 머무르는 것은 아니라서.

이런 생활에서 작은 승리들을 챙겨가며 사는 것은 쉽지 않지만 그래도 애써본다면 마지못해 겨우 살아가는, 현재에 염증을 느끼며 하루하루를 흘려보내는 나보다는 더 주체적인 나로 살 수 있다. 이제 나는 평생 몇 명에게 내 쿠키 박스를 전달할 수 있을까.

사라 리를 찾아서

크림치즈 파운드케이크

베이킹을 하고 싶었던 이유는 단지 내가 만든 빵이 먹고 싶어서거나, 내 인생에 의미를 더해줄 취미를 찾기 위함도 아니었다. 진한 버터향이 나는 달고 밀도 높은 미국식 파운드케이크를 그 어디에서도 찾을 수가 없었기 때문이다. 가끔 카페나 베이커리에서 파운드케이크가 있어 사 먹어보면 싱겁고 건조한, 일차원적인 '맹맛'인 경우가 대부분이었고 그럴 때마다 실망이 무척 컸다.

내 기억 속의 파운드케이크는, 미국 슈퍼마켓에서 파는 사라 리Sara Lee 브랜드의 제품이다. 직사각형의 일회용 알루미늄 포일 트레이에 담겨 있고, 상표가 인쇄된 종이가 포일 위 테두리 안에 딱 맞게 끼워져 있다. 포일을 살짝 벌리고 포장지를 떼어내면, 곱고 완벽한 갈색의 파운드케이크 표면이 드러난다. 정확하게 프로그래밍되어 공장 대량 생산된, 보통의 사람 입맛에 딱 맞는 버터 파운드케이크이다.

어린아이일 적 처음 보고 겪은 일들이 지금의 내가 세상을 느끼는 방식에 영향을 미친다. 수많은 기억들 중에서 사라 리 파운드케이크의 맛은 유독 기억에 남아서 어쩔 수 없이 내 파운드케이크의 표준이 되었다. 사라 리 같은 맛이 나는 파운드케이크가 없어서 답답했는데, 구체적인 레시피도 없었고 이게 가능할 것인지에 대한 확신도 없었지만, 내가 좋아하고 그리워하는 맛을 찾아 헤매거나 기다리기보단 스스로 만들어보겠다는 집념이 생겼다.

파운드케이크는 전통적으로는 네 가지의 재료(밀가루, 달걀, 버터, 설탕)가 각 1파운드(1lb=454g)씩 같은 비율로 들어가는 케이크라 그런 이름을 가졌다고 한다. 주로 벽돌 같은 형태에 위가 아래보다 넓은 파운드케이크 틀이나 번트케이크 틀에 굽는다. 아이싱이나 슈거파우더를 얹어서 먹기도 하고 때로는 반죽 자체에 레몬 제스트를 넣어 레몬 케이크로 만들기도 한다. 굉장히 심플한 케이크이기 때문에 다양하게 변신시킬 수 있다.

개인적으로는 무척 좋아하는 케이크이지만, 꽤 많은 이들에게 그렇게 설렘을 주지 않는 디저트라는 것을 알게 되었다. 주로 디저트 테이블의 자리 메움용이거나 티를 마실 때 같이 나오는 밀도 높은, 건조하고 맛이 단순한 케이크라는 것이 이유였다. 특히 여러 사람이 모인 곳에 가져가 나누어 먹기 위해 잘라놓으면 노출된 단면이 거칠어지기 때문에 화려하고 신선한 디저트 사이에서는 찬밥 신세라는 것. 맛있는 파운드케이크에 대한 기억이 없다면, 좋아할 이유도 없는 단조로운 디저트다.

전통 방식으로는 각 재료를 동일한 비율로 사용하지만, 시대의 입맛이 바뀌고 재료도 발전하면서 당연히 레시피에도 변화가 생겼다. 버터에 추가로 크림치즈나 사워크림으로 적당량의 산미를 주면 전체적으로 많이 달고 느끼할 수 있는 맛에 균형을 더한다. 단, 크림치즈와 사워크림은 버터보다 지방 함량이 낮아 완전히 대체할 수는 없다.

파운드케이크에는 팽창제가 들어가지 않는다. 때문에 충분한 크리밍creaming(지방과 설탕을 빠른 속도로 충분히 섞어 반죽에 공기 층을 형성하는 과정)을 해줘야 밀도는 높으면서 무겁지 않은 파운드케이크를 만들 수 있다. 파운드케이크의 대표적인 특징은 작은 크럼crumb(빵가루나 부스러기. 베이킹에서는 구워진 빵과 케이크 속을 말한다. 예를 들어 단면을 잘랐을 때 시각적으로 사워 도우는 구멍 숭숭 난 듯한 큰 크럼을 가지고 있으며 케이크의 크럼은 촘촘하고 작다)으로 입안에서 녹는 듯한 질감을 가지고 있다는 것이다. 이런 질감이 충분한 크리밍의 결과다.

파운드케이크의 외형직 특징은 바로 봉긋하게 솟은

윗면과 '갈라짐'에 있다. (사라 리의 공장에서는 어떤
방식을 사용하는지 몰라도 윗면에 갈라짐이 없다.) 원래
파운드케이크의 갈라지는 모양은 반죽이 가지는 특징과
굽는 팬이 원인이다. 일반적인 사이즈의 파운드 틀(길이
8"=20cm)에 묵직한 반죽을 넣어 굽는데, 많은 양이기 때문에
팬의 내부까지 열이 도달하는 데 시간이 꽤 걸린다. 열이 가장
먼저 닿는 윗면과, 팬에 가까운 테두리의 반죽이 부풀기 전에
먼저 익고, 가운데 부분은 천천히 익으면서 더 부풀고 열이
빠져나가면서 산처럼 봉긋하고 갈라짐이 있는 형태를 띠게
된다. 갈라짐이 있는 것이 실수나 실패가 아니므로 그 특징을
더 살려 만드는 것이 이 파운드케이크의 매력이다.

처음으로 파운드케이크를 만들어서 맛본 날, 사라 리
파운드케이크를 먹던 시절로 되돌아가는 대단한 경험은
아니어도 잊고 있던 과거의 냄새와 온도를 기억하게 된 듯했다.
길을 걷다 아주 오랜만에 맡아보는 익숙한 향에 갑자기
마음속 간지러움이 느껴지는 기분. 처음으로 내가 만든
파운드케이크에 조용히 감격하며, 이젠 베이킹이든 뭐든 다
할 수 있을 것 같다는 확신까지. 안될 것 같았던, 그저 아련한
그리움으로만 남을 것 같았던 그것이 가능하구나. 혼자 즐기는
것으로도 충분한 이 사적인 기쁨 때문에 베이킹을 하게 된다.
쿠키를 구울 때는 알아차리지 못했던 내 노스탤지어가 다시

만난 파운드케이크에서 선명하게 떠올랐다. 기억 속의 맛을 이렇게 내 손으로 재현할 수 있다는 것은 나름의 초능력이 아닐까 생각했다.

같은 오븐에서 비슷한 온도로 구워도 쿠키, 머핀, 파운드 반죽이 각각 다르게 반응하고 변화하여 완성되는 것은 당연한 일이다. 하지만 그 차이가 왜 일어나고 왜 일어나야만 하는지 이해했다면 각각의 과자와 케이크는 더 이상 비슷한 부류의 '구움 과자'가 아니라, 각자 다른 언어를 가졌다는 것을 알게 된다. 그러면서 자연히 쿠키가 먹고 싶은 날과 머핀이 먹고 싶은 날은 분명 서로 다른 감정을 가진 날임을 이해할 수 있다. 내가 먹고 싶은 것, 다루고 싶은 재료, 해보고 싶은 동작과 기술 들이 무엇인지 더 자세히 알아차릴 수 있다. 어떤 것에 대해 더 자세하고 상세하게 이해할수록 내게 주어지는 감정의 선택지는 다양해지고, 그만큼 세상은 무한하게 커지지 않을까.

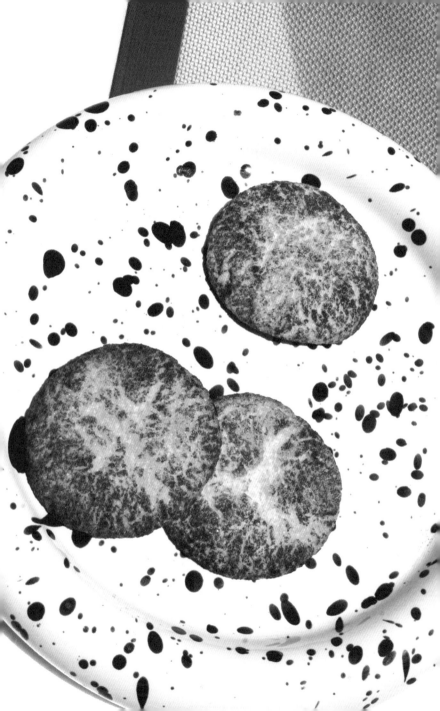

90년도 미국 맛

스니커 두들스 쿠키

　오랫동안 미국 과자 맛이 그리웠다. 내가 원하는 케이크, 파이, 파운드케이크와 쿠키를 찾을 수 없어서 지금까지도 내 에너지 대부분을 미국식 과자와 디저트를 만드는 데 쏟고 있다. '미국 맛' 하면 나에게는 이런 것들이 떠오른다. 진한 초콜릿 케이크, 안쪽은 덜 익은 것처럼 부드럽고 겉은 바삭한 초콜릿 칩 쿠키, 애플파이, 시나몬롤, 피칸 파이, 치즈 케이크, 블루베리 머핀, 바나나 브레드, 파운드케이크, 브라우니, 애플 크럼블, 초콜릿 푸딩…. '미국 맛' 하면 나에게 떠오르는 것들은 이런 것이다.

　유난스럽거나 입맛이 까다롭다는 말도 듣지만, 또 동시에 어떻게 그런 맛을 좋아하냐는 말도 많이 듣는다. 고등학교에 다닐 때, 매점에서 산 초콜릿 바를 거침없이 먹는 나를 보며 "속이 느끼해진다"고 했던 친구의 표정이 생생하다. 나에게 디저트란, 확실하게 많이 먹었구나! 하는 기분이 들게 먹어야 그게 진짜 먹은 것이다. 초콜릿 케이크가 먹고 싶을 때는, 영화 〈마틸다Matilda, 1996〉의 바로 그 장면 그 케이크를 생각하고 있는 것이지, 초콜릿맛 빵이 먹고 싶은 게 아니다. 상큼한 롤케이크가 아니라 목구멍으로 넘기기도 힘든, 달고 진한 시나몬롤이 먹고 싶은 것!

그 바람에 유일한 오아시스가 되어주는 곳은 부암동과 서촌에 있는 '스코프'다. 크림치즈가 마블링된 진한 브라우니를 한입 먹으면 잠시 이명이 들리며 블랙아웃 되는 기분이다. 이곳의 디스플레이는 항상 갈색, 연갈색, 진갈색, 황갈색, 진초록 등 굉장히 자연스럽고, 무거운 톤으로 만들어져 있다. 케이크 이름을 찬찬히 들여다봐야 이게 진저 브라우니이고, 저게 초콜릿 파운드케이크구나 알 수 있다. 빵과 과자를 향한 내 마음을 베이커리로 만든다면 대략 절반 이상은 스코프처럼 생겼을 것 같다. 애플파이만 있으면 더할 나위 없겠다. 스코프는 영국에서 온 셰프가 운영하고 있어서 따지고보면 영국식인데, 미국식 베이커리보다 색과 모양에서 더 투박한 느낌이 난다. 내가 런던에서 살면서 경험한 디저트보다는 편안한 홈베이킹의 모습에 더 가깝다. 미국식이건 영국식이건 화려하진 않지만 큼직하고, 밀도 높고 목이 메는 이런 빵과 과자들을 나는 정말 사랑한다. 마음이 그저 그런 날, 생각만으로 기분이 좋아질 정도로 좋아한다.

내가 그리워하는 맛을 보여줄 곳은 없다는 생각에 외로워질 때, 내가 원하는 달디단 디저트를 만들어줄 사람은 나 자신밖에 없다. 내가 먹을 커다란 초콜릿 케이크를 만들어줄 사람, 가장 맛있게 먹을 사람도 나뿐이라는 생각 때문에 나는 멈추지 않고 홈베이킹을 하는 것 같다.

그렇게 열심히 베이킹을 하다 최근 처음으로 만들어보고 정말 좋아하게 된 미국 쿠키가 있다. 스니커 두들스. 맛이 그려지도록 이름을 붙인다면 시나몬 소프트 쿠키 정도가 맞겠다. 비교적 간단한 재료로 쉽게 만들 수 있지만 만들 때나 먹을 때나 풍미가 폭발하는 쿠키. 시나몬을 싫어한다면 치명적인 쿠키지만 나도 이해한다. 세상에는 맛있는 것을 싫어하는 슬픈 사람들이 있을 수 있지….

한입 베어물었을 때 표면을 감싸고 있는 시나몬 슈거의 반짝임이 느껴지는데, 베어 문 그 한입을 오물오물하며 예상보다 부드러운 식감을 느끼고 놀란 마음으로 어? 하고 먹던 쿠키를 바라보게 된다. '이게 무슨 맛이지?'. 쿠키 속 부드러움을 보호하는 표면은 어느 정도 단단하지만, 부드러움과 쫄깃함 사이에서 섬세하게 살아 있는 폭신한 질감이다. 쉽게 말해 시나몬 향과 버터 내음이 가득한 소프트 쿠키. 어릴 적 스키장에서 처음 먹어본 추로스의 맛과 향이 주었던 충격을 다시 한번 쿠키의 형태로 만나는 느낌이다.

한국이나 유럽에서는 먹어보지 못한 맛과 질감이 분명하다. 무엇을 만들지 책을 훑어볼 때 이 쿠키의 사진을 보고는 만들어볼 생각도 안 하고 지나쳤었다. 모양새도 소박하고 재료도 단순한 편이라 재미가 없어 보였지만 일단 이런 쿠키가 있다는 걸 알게 된 후로는 여기저기에서 눈에 띄기 시작했다. 미국에서는 굉장히 일상적이고 클래식한 쿠키라는 말에 그 맛이 궁금해졌다. 무슨 맛일지 전혀 알 수 없어 반신반의하며 만드는 과정에서 이미 재미를 느꼈다. 보통의 쿠키 반죽보다 무른 반죽을 손으로 하나씩 굴려 시나몬 슈거에 굴리는 과정과 팬에 올리는 것까지. 거기다 구워져 나온 쿠키가 책 속의 사진과 똑같다! 이 놀라운 맛과 식감에 감동해, 이건 모두가 먹어봤으면 좋겠다고 생각했다.

이 쿠키의 레시피는 스텔라 파크스Stella Parks의 책에서 찾았다. 해외 주문으로 어렵게, 또 처음으로 구매한 베이킹 책인데 가장 미국적인 디저트에 대한 이야기를 담고 있다. 고상하지 않은 미국식 스낵을 섬세한 레시피로 구현해내는 데 일가견이 있는 작가는 소박해 보이는 옛날식 슈퍼마켓 쿠키 하나라도 그 쿠키가 가지는 가능성을 최대한으로 끌어올리는 디저트 셰프다. 그 시절 우리가 마트에서 설레며 고르던 과자들의 장점을 부각시키고 식감을 개선하는, 예를 들어 팜오일을 썼을 법한 과자에 코코넛오일과 버터를 혼합한 것을

사용하여 좀 더 복잡한 맛을 내는 등 다양한 방식을 연구해
쓴 레시피를 공유하고 있다. 오래전 기억 속에 머물러 있던
쿠키 냄새와 케이크의 모습을 내 손으로 다시 실현하고 싶어서
베이킹을 시작한 나에게는 아주 알맞은 책이다.

　내가 홈베이킹을 시작한 이유와 방식은 뭐가 들어 갔는지도,
또 어디부터 먹어야 할지도 모르겠는 고상하고 섬세한
앙트르메 디저트를 만드는 것이 아니었다. 내가 꿈꾸는 것은
종이 상자와 은박 비닐 포장에 담겨 우리의 삶에 있던 과자와
케이크를 만들며 홈베이킹의 근본적 가치를 이해하는 것에
가깝다. 뽐내고 자랑하는 디저트가 아니라 '셀프 케어'로서의
디저트. 그 가치에 대한 이해가 없었다면 내게 베이킹은
행복했던 기억을 더듬어 상기시키는 안내자가 아닌 삶에
또 다른 과제를 던져주는 어쩔 수 없는 여가 활동에 지나지
않았을지도 모른다. 분명 처음 먹어보는 쿠키지만 아주 오래된
사진 앨범 속 비닐에 붙어 있던 내 어린시절 사진을 떼어낼 때
나는 그 소리처럼 익숙하고 아련한 맛이 나는 쿠키,
스니커 두들스.

버터크림과 나

얼그레이 초콜릿 케이크

　하고 싶지만 잘 모르겠고 무서워서 한참 미루다가, 용기내
해봤는데 된통 크게 당해서 더 어려워지고, 그래도 다시 한번
해보는 일들. 이런 것들은 시간이 오래 걸릴지언정 확실히
나에게 익숙하고 좋은 것이 되곤 한다. 나는 왜 해보지 않은
일에 더 많은 기회를 주지 않았을까. 단단해 보이지만 언제라도
깨질 수 있는 얇은 얼음장 같은 자아를 가진 나는, 약하기도
하지만 조금 아둔한 부분도 있다. 정말 하고 싶은 일이
있어도 재능이 없다 싶으면 내 관심은 딱 거기까지였다. 그게
반복되면서 맹랑하고 자신감 넘쳤던 아이가 기대했던 것과는
매우 다른 인생을 살아가며, 이 세상에서 내가 성취하고 싶었던
'위대함'과는 상당히 멀어져가고 있음을 느꼈다. 일부러 반대
방향을 향해 걷고 있는 것일까. 일상의 피로, 몸의 편안함에
눈을 떴고, 신체 능력의 유한함을 이해하기 시작해서인지
열정을 다해 사는 것이 벅차다고 느끼곤 했다. 오래전에 한

친구가 했던 말이 이해가 되지 않았었다. "정말로 나는 열심히 살기가 싫어." 이제 약간은 그게 무슨 뜻인지 알겠다.

쉽고 편안하게 살면서, 일은 빠르게 성과가 나는 것으로 골라 하는 것은 결코 내 정신을 풍족하게 만들 수 없음을 알면서도 자꾸만 이렇게 약해지기를 선택한다. 성공하지 못할 것 같으면 내 길이 아니라 생각하고, 도망칠 기회를 나에게 수없이도 많이 주었다. 빨리 인정하고 포기하는 것이 더 똑똑한 것 아닐까 하는 악순환의 일부였다.

내 시간과 노력은 나에겐 굉장히 중요한 것이지만 이 넓은 우주 안에선 티끌같이 별것 아니기도 하다. 그러니 때로는 부담 없이 이 세상에 기회를 주고, 또 세상이 나에게 기회를 줬으면 좋겠는데… 막막한 이야기를 하려던 것이 아니라, 회피하고 불편해하는 것을 넘어서며 다시 희망을 갖게 되는 과정에 대해 이야기 하려했는데 의도치 않게 조금 무거운 도입이 됐다.

버터크림 때문이다. 처음 케이크를 만들 때, 아이싱을 잘하고 있는 줄 알았는데 나도 모르는 사이 케이크 옆을 타고 줄줄 흐르는 크림, 아무리 냉장해도 계속 줄줄 흐르던 그 크림 때문에 '아 나는 안 되는구나. 여기까지다'라고 드라마틱한 자기 연민에 빠져 있을 때가 있었다. 두 번 시도할 것도 없이 바로 포기해야겠다고 생각했다. 내가 무엇을 잘못해서 그런 것인지 알고 싶지도 않고 일단 억울해하고 화내며, 도구가 부족하고 환경이 열악해서라고 불평했다. 용기내 다시 한번 버터크림을 만들 때도 지난번과 어떤 차이가 있고 무엇을 잘하고 못했는지 관찰하지도 않았다. 이렇게 '깜지'로 암기하듯 여러 번이고 겪어야만 겨우 약간 알아차릴까 하는 내 방식이 답답하고 마음에 안 들었다. 그래서 별안간 마음을 고쳐 먹고 버터크림을 만들 때 조금이라도 마음에 들지 않는다면 새로운 레시피를 시도하고 그걸 반복하며 지냈다. 마음에 들었다면 거기서 약간 변화를 주어 또 만들었다. 아이싱을 연습하고 싶어서 계속해서 케이크 만들 기회를 찾아다니곤 했다. 오늘도 케이크 생각. 그래서 어느 순간, 계량만 마치면 이제는 멈칫하는 순간도 없이 원하는 만큼의 버터크림을 만들 수 있고 그것으로 마음껏 케이크를 장식할 수도 있다. 여러 차례 실패를 거듭하며 써내려간, 책과 인터넷에서는 알려주지 않는 홈베이커의 케이크 만들기 이야기를 해본다.

　레이어 케이크(케이크 시트와 크림을 층층이 쌓아올려 만드는 일반적인 케이크)를 만드는 데는 기본적으로 세 가지(때에 따라 네다섯 가지) 요소가 동등하게 중요하다. 케이크 시트, 아이싱(케이크 외부에 입히는 크림이나 가나슈), 그리고 디자인 마감이다. 여기에 하나 더하자면 필링 등의 부재료가 있다. 홈베이커의 관점에서 각 요소에 대해 짚어보고, 완성된 케이크를 보관하는 방법까지 공유한다.

케이크 시트

케이크에서 뼈를 담당하는 것은 시트. '케이크' 또는 '스펀지케이크'가 정확하지만 보통 케이크를 먹으면서 하는 대화 속에서 '빵 부분'이라고 부르는 그곳이다. 이 부분은 촉촉하면서도 탄탄해서 크림과 레이어 사이 내용물을 잘 지탱해줘야 한다. 가장 기본적으로는 노란빛의 바닐라 케이크 시트가 있고 그 외에 케이크의 전체적인 분위기를 결정짓는 초콜릿 케이크, 최근에 좋아하는 사람이 많아진 당근 케이크를 비롯해 레몬, 딸기, 피스타치오 케이크 등 나열하자면 끝이 없다. 시트는 재료와 팬의 크기, 오븐 조건, 시간 등의 다양한 영향을 받는데, 자신의 오븐과 도구에 맞춰 방식을 찾아가면 된다. 구운 정도를 판단하는 데도 경험이 필요하다.

케이크 반죽을 섞을 때는 그 순서와 지시를 정확히 따르는 것이 중요하다. 버터와 설탕을 얼마나 오래 섞는지, 밀가루는 나중에 섞어야 하는지 등의 지시나 주의사항은 오랜 세월에 걸친 많은 이들의 경험을 토대로 한 것이고 거기엔 그만한 근거가 있다. 재료를 준비할 때는 반드시 저울로 무게를 재서 준비하고, 무게를 알려주지 않는 레시피는 피하는 게 좋다.

종종 구워진 케이크 시트 윗면이 볼록하게 올라오는 돔 현상doming이 일어나는데, 케이크 팬에 가까운 반죽은 빨리 익고, 중간은 비교적 천천히 익으며 공기가 부풀며 올라오기 때문에 생기는 현상이다. 이 컨트롤이 어렵다면, 한 가지 방법으로는 10cm 폭의 긴 천 조각이나 수건 등을 팬 둘레보다 조금 길게 잘라, 폭을 반으로 접어 물에 촉촉하게 적신 후 팬 둘레에 두르고 옷핀으로 고정하여 굽는 방법이 있다. 그러면 팬 주변의 온도 상승을 늦출 수 있어 돔 현상이 눈에 띄게 줄어든다. 하지만 돔이 생겼다 해도 괜찮다. 빵칼을 수평 각도로 뉘어 시트 위를 평평하게 잘라주면 된다(영어로는 레벨링leveling이라고 한다). 잘라낸 돔으로는 굳이 케이크를 자르지 않고도 시트 맛을 테스트할 수 있어서 선물하는 케이크를 만들 때 유용하다. 시트 레벨링은 미리 하지 말고 아이싱 단계가 가까워졌을 때 하는 것이 좋다. 케이크 표면을 자르면 내부가 공기와 접촉하게 되면서 건조해질 수가 있으니 케이크를 장식할 때까지는 랩으로 잘 싸서 냉장 또는 냉동 보관하면 된다.

아이싱 및 프로스팅

아이싱의 가장 큰 역할은 케이크의 표면을 감싸 장식을 하면서도 맛을 더하는 것이다. 또 시트 사이에 샌딩되어 부드러운 식감을 만들어주고 수분감을 유지하는 역할도 한다. 아이싱은 크림일 때도 있고 가나슈일 때도 있는데 시트와 조화를 이루며 과하지 않게 다양한 맛과 식감을 더하는 일을

담당한다. 보편적으로 쓰이는 아이싱은 버터크림인데, 이
버터크림에도 아메리칸 버터크림American ButterCream, 스위스
머랭 버터크림Swiss Meringue ButterCream, 그리고 요즘 한국에서
많이 사용하는 크림치즈 아이싱도 있다. 국내에서 사용하는
아이싱은 이 범주에서 크게 벗어나지 않는다. 유독 한국과
일본에서 인기 있는 생크림 아이싱도 있는데, 버터크림에 비해
보관 기간이 짧고 반드시 냉장을 해야 한다. 버터크림 케이크는
비교적 보관 기간이 길고 어느 정도는 실온 보관이 가능하다.

　버터크림은 만드는 재료와 방식에서 종류가 달라진다.
아메리칸 버터크림은 아이싱 슈거와 버터를 섞어 만드는데,
버터를 일부 덜어내고 그만큼 크림치즈를 더하면 크림치즈
아이싱이 된다. 아메리칸 버터크림은 무척 달고, 케이크를 만든
후 시간이 지나면 표면이 마르기 때문에 표면을 가볍게 만져도
손에 묻어나지 않는다. 식감은 설탕이 씹히는 느낌이라고들
표현한다. 미국식 케이크에 흔한 아이싱이다. 초콜릿 가나슈를
한 번 더 빠르게 휘핑해 만든 가나슈 아이싱도 있다.

　스위스 머랭 버터크림은 달걀 흰자와 설탕을 가열해
만든 머랭에 버터를 더해 만드는 크림이다. 이탈리안 머랭
버터크림은 이미 거품을 낸 달걀 흰자에 뜨거운 설탕시럽을
넣고 버터를 더해 만든다는 점에서 스위스 머랭 버터크림과
다르다. 스위스 머랭 버터크림에 비해 불안정한 머랭 크림이라고

알려져 있으나, 선호도에 따라 다르게 쓰이고 있다. 종종 온라인 커뮤니티에서 SMBC(Swiss Meringue Butter Cream), ABC(American Butter Cream), BC(Butter Cream) 등 다양한 버터크림을 일컫는 약자를 사용하기도 한다.

안정적인 단단함으로, 그러나 느끼하지 않고 가볍게 만드는 것이 내 버터크림의 오랜 숙제였다. 버터와 머랭의 온도가 비슷한 상태여야 하고, 과하게 섞지만 않으면 단단한 구조는 잡힌다. 그러나 먹었을 때 입안을 뒤덮는 기름진 느낌을 피하려면 베이스 머랭의 조리와 버터의 양 조절, 또 머랭의 온도가 중요하다고 생각한다. 울퉁불퉁하지 않고 매끄러운 아이싱을 하려면 버터의 온도가 실온(23℃ 내외) 상태여야 한다. 버터는 계절에 따라 한두 시간에서 수시간 전에 냉장고에서 꺼내 실온으로 맞추어놓는 것이 케이크 만들기의 제 0단계라고 할 수 있겠다. 급하다고 버터를 전자레인지에 데워 액화되도록 하는 것도 금물이다. 실온의 적당한 버터는 온도로도 알 수 있지만 촉감과 육안으로도 알 수 있는데 살짝 눌렀을 때 분명한 자국을 남기고, 기름기나 물기가 눈에 보이지 않아야 한다. 손가락이 푹 들어가거나 옆으로 미끄러지거나 손가락으로 쉽게 잘린다면 온도가 너무 높은 상태라는 뜻이다.

필링

시트와 시트 사이에는 종종 다른 재료와 어우러지는 필링이 들어가는데 캐러멜 소스, 과일 잼, 초콜릿 가나슈 같은 것들이다. 시트와 크림으로는 조금 부족하다고 느낄 수도 있는 맛을 더해주고 잘라진 케이크 단면에 시각적 재미도 더한다. 캐러멜 소스나 가나슈, 과일 잼 등 크림보다는 되직한 것을 주로 사용한다. 한국과 일본에서는 생과일을 많이 이용하는데 케이크의 레이어와 질감 차이가 많이 나서, 포크로 한입씩 잘라먹을 때 시트와 과일이 조화롭지 않고 깨끗하게 먹기가 어렵다는 점에서 개인적으로 선호하지 않는다. 과일에 따라 달라지겠지만, 나에게 과일과 크림의 만남은 어색하고 불편하다.

시트 굽는 것과 크림 만들기로도 케이크 초보자는 지친다. 필링까지 신경 쓰려면 조금 부담스러울 수 있어서, 시간이 지나고 케이크에 익숙해지면 계획을 잘 세워 미리 필링을 만들어놓는 여유도 부려보면 좋다.

장식 아이싱

시트 굽기와 크림 만들기 단계가 끝나면 케이크 초보자가 어려워하는 장식 아이싱 단계가 남아 있다. 크림은 케이크에 맛도 더할 뿐 아니라, 시트의 수분을 보호해주는 역할도 한다.

크림의 지방질, 즉 기름기가 표면을 코팅하는 것이라고 이해하면 된다. 케이크를 수평으로 쌓으면서 사이사이 크림과 필링으로 샌딩하고 나서 초벌 아이싱(크림 코트crumb coat) 단계를 거친다.

크림 코트는 장식 아이싱 이전에 얇게 펴발라주는 초벌 칠 같은 것인데, 마지막 아이싱 단계에서 케이크 부스러기가 크림에 따라 올라오지 않도록 케이크 시트를 감싸는 역할을 한다. 특히나 초콜릿 케이크를 하얀 버터크림으로 마무리하려고 할 때, 까만 부스러기가 크림에 뒤섞여 올라오면 수습하기가 매우 어렵기 때문에 이 과정을 거치는 게 중요하다. 크림 코트를 한 뒤 최종 아이싱 전에 최소 30분 정도는 냉장해서 표면을 굳히면 된다.

크림 코트를 하지 않은 실온 상태의 케이크는 부드럽고 연약해서 그대로 초벌 아이싱을 하려다가는 케이크가 기울거나 시트가 미끄러지는 등의 문제가 발생할 수 있다. 번거로워도 각 단계 사이사이 케이크를 냉장하는 버릇을 들이면 좋다.

마지막 아이싱 단계는 무조건 연습과 경험이다. 아이싱에 용이한 버터크림을 만드는 것은 기본. 한국에서는 아이싱 클래스가 생크림 케이크 위주로 되어 있거나, 버터크림 클래스가 있지만 굉장히 구체적인 디자인으로 알려주는 곳이 많아 자연스러운 아이싱을 배우는 게 쉽지는 않다. 전문가들의 영상을 찾아보는 것도 좋고 원한다면 클래스도 참여해도 되지만 가장 중요한 것은 반복적인 연습과 경험이다. 주관적인 느낌과 개개인에게 맞는 손과 팔의 미세한 동작들이 있는데 이런 부분들은 말이나 글로 전달하기 어렵다. 전문가들도 모두 다른 방식과 동작들로 케이크를 장식한다.

굳이 마음에 들지 않는 아이싱 트렌드를 나도 잘해야 하나 고민도 할 필요가 없다. 투박하게도 해보고 완벽하게 정돈된 아이싱도 해보며 자기가 좋아하는 방식을 찾고 연습하며 가장 즐겁고 편한 아이싱 방법을 찾는 것이 정답.

보관

처음으로 만든 케이크의 아이싱과 장식이 끝나면 어떻게 보관해야 할지 막막해지는 것은 당연하다. 케이크가 필요한 정확한 때에 맞춰 작업을 한다는 것이 홈베이커에게 쉬운 일은 아니지만 몇 가지만 알면 된다. 버터크림 케이크는 3일 정도 실온 보관이 가능하다. 다들 여기서 의아해하는데, 아무래도 수명이 짧고 냉장 보관이 필요한 생크림 케이크에 익숙해져 있기 때문이다. 만들어서 바로 먹는 것이 최고로 좋지만, 상황이 따라주지 않을 때가 많은 홈베이커들이니, 버터크림 케이크는 23℃ 정도의 실온에서 3일 정도 무리 없이 버틸 수 있다는 것을 기억하면 좋다. 아무래도 한여름은 에어컨으로 온도 조절을 해주는 게 좋고, 봄과 가을에는 선선한 곳에 보관하는 방식으로 계절과 기온에 맞게 변화를 주면 된다.
만약 이마저 할 수 없는 상황이거나 시간이 많이 남았다면
냉장 보관을 했다가, 먹기 3시간 전부터 실온에서 찬기를 뺀다.
냉장하여 굳은 버터크림은 차가운 버터를 먹은 듯 느끼하게
겉돌기 때문에 너무 낮지 않은 온도에서 최소 3시간은
실온으로 만들어줘야 가장 맛있는 케이크로 먹을 수 있다.

　그날 만들어 먹고 남은 케이크는 랩으로 덮어 냉장고에서
3~4일 정도 보관할 수 있고, 그 이후로는 조각으로 자른
케이크를 하나씩 랩으로 싸서 냉동용 지퍼백에 담아 3개월까지
냉동 보관 가능하다. 먹을 때는 역시나 천천히 해동해야 한다.
전자레인지에 돌리면 시트 부분이 해동되긴 하지만 버터크림이
먼저 녹으니 주의. 과일 커드(필링으로 사용하는 재료)나
크림치즈가 들어 있는 케이크는 실온 보관이 어렵고 2~3일
정도 냉장 보관이 가능하다.

　항상 모양을 우선시해서 기본 바닐라 시트에 바닐라
아이싱이나 초콜릿 케이크 이외에 특별한 맛을 더해 만들어본
적이 없었기 때문에 이번 케이크에 대한 걱정과 기대가
교차했다. '런던 포그London Fog'(초콜릿 케이크 시트에
얼그레이로 맛을 낸 버터크림과 캐러멜 소스 토핑이 올라간
케이크)라는 케이크 레시피를 바탕으로 만들어진 이번

케이크는, '런던 포그'가 될 뻔했다가 필링으로 들어갈 캐러멜 소스를 태워버리는 바람에 얼그레이 버터크림 초콜릿 케이크가 됐다. 아주 실패는 아니다. 초콜릿과 얼그레이 향의 조화가 아주 좋다. 특히 이 케이크 시트는 그동안 만들어온 진하고 묵직한 초콜릿 시트가 아닌 상대적으로 가벼운 식감이라서 은은한 얼그레이 버터크림과 잘 어울린다. 깊은 동굴에서 울리는 것 같은 맛의 얼그레이의 향이 달고 진한 초콜릿 맛에 묻히는 게 아니라, 두 가지 재료의 맛이 오래된 두 친구처럼 어우러진다. 버터크림을 만들면서 종종 신경 쓰이던 느끼함도, 얼그레이 향을 더하니 조금 완화되는 것 같다. 이런 점에서 성과가 좋다. 이번에 구매한 책《레이어드Layered》는 내가 그동안 가지고 있던 책에서는 찾을 수 없었던 그야말로 '케이크'에 대한 정보가 가득하다. 보통 레이어 케이크만 구체적으로 다룬 책이 잘 없어 여기저기 스크랩하듯 정보를 모아오다, 다양한 요소를 보기 쉽게 정리해준 참 고마운 책이다. 기본 시트와 버터크림부터, 다양한 필링과 여러 가지 맛의 조화까지 가득 찬 이 책에서 작가가 꼭 만들어봐야 할 케이크로 추천한 레시피가 바로 '런던 포그'.

　　케이크를 장식하는 일은 언제나 즐거운 일이지만 이 버터크림의 우아한 맛을 보고, 좀 단순하고 은은한 느낌의 케이크로 완성해야겠다고 느꼈다. 초콜릿 시트 색과 대비되면서도 푸른 얼그레이 꽃의 이미지를 낼 수 있도록 연한 파란색으로 크림을 물들인, 간단하고 자연스러운 표면 질감이 잘 어울리게 나온 것 같다.

케이크를 한입 먹어보면, 은은하지만 분명한 향에 얼그레이크림이라는 것을 확실히 알 수 있다. 은은한 얼그레이 향 커튼을 열면 만나게 되는, 진하지만 부드러운 초콜릿 케이크가 주는 오묘한 느낌이 있다. 얼그레이 티 한잔을 천천히 마시다보면 찻잔 아래 점점 더 선명하게 쌓여가는 검은 찻잎 조각들을 떠올리게 한다. 다른 점이 있다면 이 케이크는 그 검은 조각까지도 먹을 수 있다는 것. 캐러멜까지 더한 이 케이크는 무슨 맛일까. 얼그레이 티 한잔에 진한 캐러멜 크림으로 채운 에클레어를 곁들인 맛일까. 다시 한번 캐러멜까지 넣고 제대로 만들어봐야겠다.

글루텐 프리 베이킹

바나나 브레드

"글루텐 프리가 몸에 좋아요?"

베이킹 클래스 도중 글루텐 프리 재료에 대한 얘기를
나누다가 또 다른 수강생이 휘둥그런 눈을 하고 나에게 물었다.
속으로 깊은 한숨이 나왔다. 오후 시간대 TV 프로그램에서
어떤 식재료와 그것의 효능에 대해 소개하고 나면, 모든 이가
앞다투어 그 음식과 재료를 사재기하는 모습이 떠올랐다.
한국에는 아직 글루텐 프리는 고사하고 우리 일상에서의
밀가루 사용에 대한 인지 자체가 없는 편이다. 글루텐 프리
식사를 하는 남편이 밀가루 음식을 피하고 있어 국수를
먹지 못한다고 하자, 식당의 주인이 "밀가루가 아니라 국수야
국수"라고 말했다고 한다. 사람들에게 밀가루 음식이란 단순히
'빵' 정도뿐. 프라이드 치킨, 전, 튀김, 심지어 한식 요리에
빠지지 않는 간장과 고추장에도 글루텐이 포함되어 있다는
것을 알까.

글루텐은 밀, 보리, 호밀 등에 함유된 단백질 성분인데 여러 가지 음식에서 재료와 재료를 연결해주는 접착제 같은 역할을 하고, 찰기나 쫄깃함을 형성하는 역할을 하기도 한다. 이것이 잘 형성된 반죽을 가열하면 재료 안에서 공기가 팽창했을 때 조직이 터지거나 무너지지 않은 상태로 잘 부풀어오르고, 식감도 가볍다. 애초에 파운드케이크처럼 팽창이 많이 되지 않는 종류일 경우 글루텐이 아예 빠진다면 어떤 식감일까. 대충 만든 글루텐 프리 제품을 먹어보면 쉽게 이해할 수 있는데, 먹었을 때 입안에서 덜 익은 반죽이 느껴지거나 진흙처럼 분해된다고 생각하면 되겠다. 어떤 경우엔 후두둑 바스러지기도 한다.

그 수강생의 질문에 답을 하자면 글루텐 프리 베이킹 제품이 더 건강한 것은 아니고, 일반 베이킹 제품에 비해 글루텐불내증이나 실리악celiac 환자들의 몸에 덜 해롭다고 말하는 게 맞겠다. 실리악 환자들은 글루텐에 노출되면 복통, 구토, 두통과 현기증, 피부질환을 포함해 갑작스러운 기분의 변화, 판단력 상실 등의 증상 등이 나타나기도 한다. 간단히 말해 글루텐 알레르기라고 보면 되는데, 이게 일반적인 알레르기와 다른 점은 증상에서 끝나지 않고 지속적으로 노출되면 대장암이나 위암 등 소화기 암 발병률이 급격하게 높아진다는 것이다. 한국에는 겉으로 드러나는 글루텐불내증 환자가 잘 없고 사회적 인식도 없어서 본인이 환자인 것도 모르는 경우가 많다. 밀가루는 원래 소화가 잘 되지 않는다고 생각하는 정도인 것 같다. 불내증 검사를 받을 수 있는 곳도 흔치 않고 글루텐 프리 음식 문화도 보편화되어 있지 않다.

물론 밀가루 음식을 먹고 속이 불편하다면 글루텐 프리 디저트를 선택하는 게 맞지만, 그렇다고 건강식이라고 생각해서는 안 된다. 설탕과 지방의 양은 그대로이고, 탄수화물의 종류만 바뀐 것이다. 음식에서 글루텐 성분을 대체하는 재료들이 건강에 더 도움이 되는 것인지도 증명된 바가 없다.

앞서 말했듯 글루텐 프리 디저트와 빵은 밀 사용 제품과 식감과 맛에서 차이가 많이 난다. 그래서 글루텐 프리 식문화가 잘 조성된 미국과 유럽 등지에서는 밀가루가 가지는 점성과 그 점성이 주는 맛있는 식감을 대체할 방법을 활발히 연구하고 있다. 앨리스 메드리치Alice Medrich는 초콜릿 디저트로 유명한 파티시에로, 2014년에 출간된 글루텐 프리 베이킹 책《플레이버 플라워스Flavor Flours》로 명예로운 제임스비어드어워드James Beard Award를 수상하기도 했다. 그해 나온 모든 요리책 중에서 분야당 한 권만 받게 되는 상인데, 이 책이 대체 재료 요리책 분야가 아닌 모든 디저트와 베이킹 책을 제치고 최고의 책으로 선정되었다.

보통 요리책은 계절이나 식사 순서 같은 분류로 레시피를 소개한다. 그러나 이 책의 구성은 사용되는 주재료(가루류, 즉 밀가루 대체재)에 따른 분류가 중심이다. 쌀가루rice flour, 귀리가루oat flour, 옥수수가루corn flour, 코코넛가루coconut flour 등이 있는데 눈여겨볼 만 한 재료로는, 다소 생소한 수수가루sorghum flour와 들어는 봤지만 베이킹 재료로는 생소한 메밀가루buck wheat가 있다. 이런 재료들은 약간의 노력으로 온라인에서 쉽게 구할 수 있다.

평소 글루텐 프리 베이킹에 대해 자료 조사를 하다보면 수수가루가 자주 눈에 띄었는데, 마침 이 책에 소개가 되어 있어 사용해봤다. 수수가루는 내가 베이킹을 하며 사용한 대체 재료 중 가장 만족스러운 재료였다. 기존에 쓰던 일반적인 글루텐 프리 믹스(밀가루를 흉내낼 수 있도록 백미가루, 현미가루, 잔탄검 등을 특정 비율로 조합해 만든 것)로는 절반밖에 재현해낼 수 없었던 풍미와 식감을, 이 책에 나온 다양한 가루의 조합으로 95% 이상 이루어낼 수 있었다.

이 책에서는 다양한 디저트를 가장 맛있게 만들기 위해 어떤 곡물을 어디에 어떻게 써야 하는지 자세히 설명한다. 무작정 모든 재료를 쌀가루로 대체한다기보다는, 타르트지에는 코코넛가루, 초콜릿 칩 쿠키에는 귀리가루, 진저 브레드에는 메밀가루를 사용하는 방식이다. 이렇게 다양한 재료를 여러 가지 디저트에 대입하며 연구했을 노고를 상상하니 내 머리가 다 아프다. 작가에게 정성스럽게 쓴 손편지라도 보내고 싶어진다. 상 주고 싶은 책이 상을 탄 것이다.

평소에 집에서 즐겨 먹고 자주 만들던 디저트를 글루텐 프리 버전으로 만들어보면서 가장 마음에 든 것은, 수수 가루를 이용한 바나나 브레드다. 이 바나나 브레드는 글루텐 프리 바나나 브레드의 완성형, 즉 최대치의 레시피라고까지 말하고 싶다. 밀로 만든 웬만한 바나나 브레드와 견주어도 손색없지 않을까 생각한다. 재료만 구하면 놀라울 정도로 쉽고 빠르게, 누구나 만들 수 있다. 보통 대체 재료로 만든 디저트는 먹기 전부터 어느 정도 기대치를 접어 두기에 맛을 볼 때 좋은 점수를 주려고 애써야 하지만, 이 바나나 브레드에는 놀랍게도 그런 서글픔이 필요 없다. 요즘은 쉽게 구할 수 있는 귀리가루를 이용한 진한 초콜릿 케이크와 아프리카가 원산지인 테프Teff 가루로 만든 브라우니도 무척 훌륭하다.

나는 글루텐 프리 대체 재료를 통해 굉장한 해방감을 느꼈다. 이떤 대단한 비밀에 대해 알게 된 사람처럼 기쁘고 설렌다. 대중적 선택권에서 제외되고 다양하지 않은 대체 제품군을 바탕으로 식사를 해야만 하는 불내증 환자들은 '소수자'에 가까운 생활을 해야 한다. 그러나 이렇게 다양한 새료를 충분히 활용하여 다채로운 식사를 할 수 있다면,

오히려 밀 제품만을 소비하는 삶이야말로 터무니없이 좁은 선택의 폭을 가지고 있는 것이 아닐까. 이런 대체 선택지들이 많아지고 널리 알려진다면 정말 기쁘겠다. 천천히 일반화되어 더 이상 우리끼리만 아는 비밀이 아니라 누구나 누릴 수 있는 기회가 된다면! 밀 제품에 속이 불편한 사람들이 디저트 세상에서 외면당하지 않고 원하는 만큼 필요한 만큼 좋은 것을 경험할 수 있다면! 불내증 환자가 아니어도 적극적으로 새로운 곡물과 재료를 경험하여 다양한 취향을 가지게 되고 또 공유한다면, 정제 밀가루 중심의 디저트 문화에 변화를 가져오는 것이 가능해질 수 있다.

베이킹은 자기애

주면서, 다시 받는 사랑

왜 나는 조금 더 싸우고 버티지 않았을까.

나는 내가 살아온 인생과 내 선택을 믿었고 내가 희망하는 것은 무엇이든 할 수 있다고 확신했다. 내가 존경하는 삶을 나도 살 수 있을 것이라는 확신이 있었고 뭘 하더라도 세상에서 가장 큰 사람이 될 거라 생각했다.

학교를 떠나 처음으로 일을 하게 되었을 때, 누구나 알 만한 회사에 취직할 수도 있었지만 나는 무에서 유를 만들어내겠다며 마음에 맞는 작은 곳에서 일을 시작했다. 현실과 희망 사이를 오가는 시간들을 보내고, 어느새 미래보다는 오늘과 내일을 해결해가며 살게 되었다. 언제 한지도 몰랐던 '타협'은 점점 많아졌다. 타협이라고 하지만 그때는 그게 어렵지 않고, 현실적이고 자연스러운 선택을 한다고 믿었다.

어느덧 '경력'이 쌓이고 이런저런 선택을 하며 살아가다보니 피할 수 없는 벽을 만났다. 아무리 잘나가는 곳이라 해도, 회사와 단체가 나를 망치고 있다며 자기 연민에 빠져 살기 시작했다. 하고 싶은 일도 하지 않고 살았다. 나는 내 삶을 좋아하지 않았다. 하지만 남을 탓하는 것은 정말 쉽고 간편해서, 주변을 비난하며 나 스스로 우울의 늪으로 걸어 들어갔다. 그러다 이 불행한 날들이 공통적으로 포함하고 있는 것은 무엇인지 골똘히 생각해보니, 바로 '나'였다. 그렇게 주변에 대한 미움을 걷어내고 나는 더 깊고 어려운 것에 대한 고민을 하기 시작했다. 내 마음.

본격적으로 겨울 옷을 꺼내려고 옷장 정리를 하다가, 내가 삶을 열렬히 사랑하고 나에 대한 확신으로 가득했던 그때, 큰맘 먹고 산 비싼 디자이너 옷을 찾았다. 그러자 모든 것이 쓰라리도록 분명해지며 참고 있던 눈물이 쏟아져나왔다. 밤새 눈이 빨개지도록 그림을 그리고, 밥을 먹으면서도 책을 읽던 때. 입을 수도 없는 기이하고 커다란 옷을 만드는 것이 가장 중요했고 행복했을 때. '분명 언젠가는 꺼내 보겠지'라며 보관하고 있던 유리알 같은 내 행복을 잊고 살다 어느 날, 문득 생각나 꺼내려고 들여다보니 산산조각 깨져 있는 것을 보게 된 기분.

남 인생은 내 인생과 아무 상관이 없었고 그저 내가 원하는 걸 하는 게 자연스럽고 당연했던 때가 있었다. 이렇게 내가 현실과 타협을 하게 된 것이 자연스럽고 당연했던 것처럼. 잠깐의 어려움도 겪고 싶지 않고 주변 사람들이 날 걱정하는 게 싫어, 앞이 보이지 않는 길에서 뒤돌아나오던 그 순간들이 생각난다. 낭만적이지만 유한하고 위험한 삶을 피해, 순진하지 않게 더 똑똑한 선택을 했다고 믿었던 때. 아주 오랫동안 믿고 따라온 내 길을 그렇게 쉽게 등지기 전에, "조금 더 싸웠어야 했는데, 왜 그랬지? 왜?"

마음에 사레가 들린 것 같았다. 사레가 들리는 것을 피할 방법은 없다. 해결하려면 크고 요란하게 기침을 하거나 입을 틀어막고 벌게진 얼굴에서 눈물을 짜내며 억지로 진정시켜야 한다. 혼자서. 그러고 나서 '잊지 말고 다음부터는 조심해서 물 마셔야지'. 소용없는 약속을 한다.

경각심에 온 정신이 쓰라렸던 그날 이후, 혹여 이 부족한 마음의 공간을 채우려는 목적으로 베이킹을 시작한 것은 아니었는지 의심을 멈출 수가 없었다. 그 어떤 것도 만들지도, 계획하지도 않으려고 했다. 내 지루한 인생에서 베이킹은 잠깐의 도피인 것일까. 실은 더 큰 문제를 직면해야만 하는 게 아닐까.

베이킹 없는 편한 일상을 보내던 중 오랜만에 보는 사람들과 모여 앉아 커피를 마시게 되었다. 서로 주고받던 얘기를 가만히 듣던 중에, 한 친구가 왜 요즘은 쿠키 박스 안 하냐는 질문을 던졌다. 갑자기 대화의 주제가 내 방향으로 오니 당황스럽고 딱히 할말이 없어, 바쁘고 번거로워 자주 하기 어렵다고 얼버무렸다. 또 다른 친구 하나가, 내가 준 레시피 덕에 항상 맛있는 쿠키를 먹을 수 있어 좋다고 말했다. 머쓱하게 웃던 그때도, 특별한 생각보다는 쿠키 박스를 받으면 사람들이 상상 이상으로 좋아했던 것이 떠올랐다.

일주일 후, 대단한 동기 부여나 영감은 없었지만 매일 해온 듯 분주하게 계획하고 움직이며 다섯 가지 디저트가 담긴 쿠키 박스를 만들었다. 이틀간 홀로 많은 베이킹을 하는 것은 역시 어렵다. 설거지를 열 번도 더 해야 하고, 오븐은 너무 작아 하루 종일 쿠키를 구워도 부족하다. 불평이 아니라 현실이 그렇다. 그런데도 이걸 왜 하고 있지? 머릿속에선 논리적인 이유가 떠오르지 않지만 마음엔 합당한 확신 같은 게 있다. 그래서 밀어붙이는 것일까.

케이크와 페이스트리가 진열된 모습은 나에게 설명하기 어려운 큰 설렘을 준다. 런던에 살 때 가던, 작은 페이스트리와 케이크들이 가득 진열된 카페에 들어설 때면, 오만 가지 색의 보석으로 빛나는 커다란 보석함 안을 들여다보는 기분이 들었다. 스탠드의 키 높은 케이크들과, 아이싱이 흐르는 파운드케이크, 너무 큰 아몬드 크루아상과 작고 예쁜 타르트들…. 그 앞에 서면 심장이 뛰며 모든 게 다 잘될 것만

같다는 생각이 들었다. 하나같이 마음에 드는 선택지들 중 내 맘대로 고르기만 하면 되는 것이다. 키가 작은 나는 턱을 살짝 들어 디저트 진열대 너머의 카페 직원을 불러 주문을 했었다. 이걸 달라고 하면서도 저게 더 맛있으려나 눈이 가고 고민하면서도 아무려면 어때, 상관없었다. 혼자 디저트를 주문할 때면 내 앞에 놓인 접시 위 케이크를 향해 주책 맞은 물개 박수를 치고 싶다. 그 마음을 기억하다보면, 고독해지는 혼자만의 베이킹 시간이 조금 수월해진다.

우연히 보게 되는 디저트 진열은 여전히 나를 행복하게 한다. 그 기쁨을 내 삶에 주체적으로 가져와 스스로 실천하자고 마음먹은 것이 홈베이킹을 시작하게 된 계기였다. 디저트 진열대 앞에서 내가 느끼는 감정을 또 다른 곳에서 내가 주도적으로 만들어내고 싶다는 생각으로 쿠키 박스 만드는 데 필요한 추진력을 얻었다. 베이킹을 하면서 말로 표현하기 힘든 위로를 받고, 내가 선물한 케이크와 쿠키를 받은 사람들의 행복에서 나 자신에 대한 애정을 얻기도 한다. 나에게 홈베이킹은 도피처 이상의 역할을 하고 있었다.

내가 나를 기쁘게 할 수 있는 능력은 아주 중요하고 또 많은 연습을 필요로 한다. 나의 자기애는 내면에서 저절로 나오지 않는다. 마음 편히 내 방에서 하는 독백에서 벗어나 타인과 거리낌없이 순수한 고마움과 기쁨의 언어를 나눌 때, 이

세상에서 내가 딛고 서 있는 공간이 완전한 낭비는 아니라는
것을 느낄 때 나 자신에게도 부끄럽지 않은 사랑을 느낀다.
나에 대한 확신도.

쿠키 박스를 받을 선착순 안에 든 그 사람들은 예상보다
훨씬 더 기뻐하는데, 얼굴도 모르는 남이 이렇게 행복해하는
것은 유난히 특별하다. 소셜 미디어 속 감정이 느껴지지
않던 모르는 이의 프로필 사진에 온도가 생기고, 일방적으로
관람당하는 입장에서 마주보고 대화하는 사람으로 변화한다.
한 사람을 프로필 사진으로만 인지하다가 쿠키 박스를 보내기
위해 그들의 주소와 이름을 적을 때, 그 사람은 진짜가 된다.
드디어 박스가 전달되었다는 소식이나 사진을 받아볼 때 내
테이블에 있던 작은 쿠키들과 패키지 속 내 손 글씨가, 알지도
못하는 누군가의 집에 있는 것을 보는 것은 이상하고 놀라운
경험이다.

쿠키와 케이크를 만들 때 누군가에게 마음이 향해 있을 수
있다는 것이 내 홈베이킹의 의미라고 생각한다. 처음 베이킹을
한 순간부터 나누는 것까지 모든 순간이 베이킹 과정이기
때문에.

기회가 될 때마다 베이킹으로 내 삶을 풍성하게 하고
있지만, 나는 여전히 내 삶에 대한 깊은 고민에 빠져 있다.
위대해지려고 했던 것이 순진한 아이의 허망한 꿈이었는지,

아니면 내가 지쳐 포기한 가치, 또는 내 게으름으로 사라진 가능성이었는지, 사실은 지금이라도 그때의 나로 돌아가야 하는 것인지. 너무 오래 고민하다보니, 그 고민도 조금은 무의미해져 고장 난 크리스마스 전구처럼 희망이 여기저기 보이다 이내 사라진다. 절망과 희망은 언제나 예상하지 못한 모습으로 찾아오지만 때로는 분명한 선택지를 주기도 한다. 오늘은 절망하게 될까 아니면 희망과 용기를 얻게 될까. 그래도 나는 언제까지 이어질지 모르는 내 삶 중, 수많은 케이크과 쿠키 속에서 애틋한 자기애를 찾았다. 눈을 감는 순간까지도 그것을 찾지 못한 사람이 되는 것은 피했다. 그것으로 오늘은, 희망을 얻은 날로 마무리했다.

케이크가 필요한
여성을 찾습니다

위로와 축복의 케이크

여자라서 겪어야 하는 숙명은 남자로서 감당해야 하는
짐보다 더 무거울 것이라는 생각은, 나도 여자라서 그런
것일까. 어떤 운명의 축복인지는 몰라도 나는 '여자라서 힘들고
여자라서 이건 되고 저건 안 되고' 하는 사회적 세뇌와 압박을
비켜갔다. 딸 둘 있는 집에서 자란 언니와 나는 직접적으로
아들과 비교당할 일이 없었고 여자라서 남자와 차별을
당한다는 개념 자체를 경험하지 못했다. 또 우리 자매는
비슷하지만 굉장히 다른 성향으로 자라서, 잘하는 것과 각자
원하는 것이 달랐으며 서로가 가진 것들을 미워하고 부러워한
적이 없었다. 각자 다른 방법으로 예쁨받고 속도 썩였다.
나 자신을 누군가와 비교해야만 한다는 생각도 없었다. 아쉬울
것 없는 사람에게는 특별히 잘 보일 필요도 없고, 내게 중요한
사람의 존중만 받으면 되는 걸 잘 아니까 할머니의 노골적인
손자 편애도 나에게 별 어려움이 아니었다. 내가 잘되는 것을

못마땅해하는 모습이 오히려 즐거웠다. 나는 나름의 자존감이 잘 보존된 '사람'으로서 세상을 살아왔다.

시간이 흐르고 나와 내 친구들이 어느 정도 나이가 되자, 비슷하게 잘 뭉쳐 있던 집합이 우리가 걸어온 길 위에 여기저기 흩어져버렸다. 그렇게 예상하지 못했던 주변 여자 친구들의 선택과 그것으로 변화하는 그들의 삶까지 보게 된다. 동시에, 믿을 수 없이 불공평하고 외로운 인생을 살아가는 여자들에 대해서도 알게 된다. 그것이 때론 본인의 의지와는 무관하게 강제적으로 주어진 삶이라는 것과 사회가 그들을 그렇게 만든다는 것을 인지하는 순간 그들이 도처에 있음을 깨닫게 된다. 이런 사람들에게서 고개를 돌리지 말아야 하고, 웃고 있는 이에게도 말로 설명할 수 없는 아픔이 있다는 것을 항상 기억해야 한다는 것도.

우연히 한 노래를 듣게 되었다. 한 여성이, 또 다른 한 여성이자 친구에게 남기는 음성 메시지와 같은 노래다. 메시지를 받는 여성은 어려운 선택을 하게 되었고 내일 임신 중절을 받으러 간다. 메시지를 남기는 여성은 이 여성에게 위로의 말을 건네는 것으로 시작해, 결국 그의 결정을 축복하는 것으로 메시지를 마친다.

이 노래를 듣고 깊은 슬픔에 빠져 고민했다. 내 주변에 분명히 있었을, 자신을 보호하기 위한 또는 더 도움이 될 결정을 힘들게 내린 그 사람은 과연 행복한 축하의 말과, 홀로 감내해야 했을 고통과 불필요한 죄책감에 대한 위로를 받았을까. 엄마에게? 언니에게? 가장 친한 친구에게?

그 누가 어떤 인생을 살아가고 있는지는 그 어떤 누구도 짐작할 수 없다. 생각보다 불행은 잘 보이지 않는다. 지하철 맞은편에 앉은 여자가 눈물을 흘리지 않고 있다고 해서 그녀의 인생이 순탄하다는 의미는 아니다. 그래서 한 여성으로서 다른 여성을 친절함과 이해로 대해야만 한다고 믿는다.

이 노래를 꼭 한 번씩 들어주세요. 시간이 있다면 가사도 읽어주세요. 번역도 해놓았습니다.

〈Voicemail for Jill〉
Amanda Palmer

I know that you're going tomorrow, the hardest decision.

내일 가는 것 알아, 가장 어려운 결정.

Life's such a bitch, isn't it?
When you have a baby, they throw you a party.

And then when you die, they get together for a cry.

인생은 참 개같지?

아기가 생기면, 사람들은 파티를 열어줘.

네가 죽으면 모여서 함께 슬퍼하지.

But no one's gonna celebrate you,

No one's gonna bring you cake,

And no one's gonna shower you with flowers,

The doctor won't congratulate you,

No one on that pavement's gonna shout at you that your

heart also matters,

그러나 아무도 너를 축하하지 않을 거고,

케이크를 가져다주지 않을 거야.

꽃을 잔뜩 가져다주지도 않을 거고,

의사도 축하해주지 않을 거야.

길에 있는 그 어떤 누구도

너의 마음도 중요하다고 소리쳐주지 않을 거야.

I want you to stop for a second, I want you to listen,

You don't need to offer the right explanation.

You don't need to beg for redemption or ask for forgiveness.

And you don't need a courtroom inside of your head

Where you're acting as judge and accused and defendant, and witness.

잠깐만 멈추길 바라, 이걸 들었으면 좋겠어.

합당한 설명을 하지 않아도 돼.

구원과 용서를 빌지 않아도 돼.

네 자신이 판사가 되고 죄인이 되고 피고와 증인이 되는

네 머릿속의 그 법정도 필요 없어.

It's a strange grief but it's grief.

Look at all the women in the street.

You know the statistics, Jill

Even though they may not help

Isn't it amazing,

How we can never tell

Who is in an identical hell.

참 이상한 애도지만 애도이지.

길에 있는 여자들을 봐.

통계는 알지?

그게 도움이 되지는 않지만

너무 놀랍지 않니,

저 중 누군가도 너와 같은 지옥을 경험하고 있다는 걸

우린 절대 알 수가 없지.

No one's gonna compliment you,

No one's gonna nod their head,

And wink in league with what you are pursuing,

No one's gonna tie surprise balloons onto your desk at

work,

And no one's gonna ask you how you're doing.

아무도 널 칭찬해주지 않을 거고,

아무도 고개를 끄덕이지 않을 거야.

네가 원하는 것에 대해 한편이 되어주지도 않을 거야.

아무도 사무실 너의 책상에

깜짝 축하 풍선을 달아놔주지 않을 거고,

그 누구도 네가 괜찮은지 물어보지 않을 거야.

But I'll be back in Boston by next Thursday.

Why don't I come over?

I can bring some friends if you want us to come.

We can bring you cake, and we can bring you flowers.

We can bring you wine and we can talk for hours.

Ukulele by request.

We'll throw you the best abortion shower.

그렇지만 다음 화요일이면 내가 보스턴에 돌아갈 거야.

내가 갈게.

네가 원한다면 내가 친구들을 데려갈 수 있어.

우리가 케이크도 가져가고 꽃도 가져갈게.

와인을 가져갈게. 몇 시간이고 수다 떨자.

우쿨렐레 신청곡도.

최고의 낙태 샤워를 열어줄게.

　그래서 찾습니다. 따뜻한 위로, 내 결정에 대한 축하가
필요했지만 그것을 받지 못했던 여성. 원치 않는 임신을 해
어렵게 임신 중절을 해야만 했거나 또는, 원하지 않았던 임신
중절을 해야 했던, 홀로 아이를 키우기로 결심하고 강한
어머니가 되기 위한 격려를 받지 못했던 미혼모, 아이를 가져서

여자로서의 인생을 포기해야 했던, 여자이기 때문에 내렸던 모든 결정에 축하 또는 위로를 받지 못했던 여성들은 저에게 연락 주세요. 당신만을 위한 멋진 축하 케이크를 만들어 드리겠습니다. 당신은 축하받아 마땅하다고 생각합니다.

　군이 당신의 이름과 이야기를 들려주실 필요는 없습니다. 불편하다면 케이크만 받으셔도 되고요. 저도 낯을 많이 가리고, 다정한 성격은 아닙니다. 하지만 케이크를 만들어 드리고 싶습니다. 초도 드릴게요.

베이킹?
퇴사 준비하는 거야?

쿠키를 왜 만드는지 묻는다면

　내가 하는 홈베이킹을 누구나 볼 수 있도록 연재하기 시작하면서, 이에 대해서 여러 가지 말을 들었다. 가장 흔한 것으로는 "일도 바쁜데 취미 생활을 열심히 하시는 모습이 참 멋져요". 바쁜 삶에서 홈베이킹을 하는 비법은, 일이 그렇게 바쁘지 않다는 것이다. 일을 하는 동안 시간을 낭비하지 않고, 야근할 일을 만들지 않고, 퇴근할 때가 되면 퇴근을 하고. 피치 못할 상황이 아니라면 일과 삶을 정확히 구분한다. 진짜로 내 마음을 바쁘게 하는 것이 있다면, 내 하루하루가 다른 이의 꿈을 위해 수동적으로 흘러가고 있지는 않는지 신경쓰는 것이다. 주말마다 술을 마시고 새로 오픈한 카페를 찾아가거나, 편하게 집에 누워 스마트폰 속의 아기자기한 정보를 소비하며 시간을 보내는 것도 좋지만 나는 케이크와 쿠키를 만드는 데 내 시간을 쓰기로 했다.
　사람 간의 대화에서 취조하고 상담하는 게 아닌 이상

진짜로 상대방의 이야기를 듣고 있는 사람은 얼마나 될까. 진짜로 남 이야기를 들어주는 사람은 흔하지 않다. 누가 꿈 이야기를 꺼내면 우리는 자연스럽게 내 꿈은 무엇이었는지부터 생각하고, 상대방이 꿈에 대해 말을 이어가는 와중에도 내 꿈 이야기할 틈새부터 노리고 있는 식이다. 누구나 그렇다는 것을 알고 나서부터는 누가 묻기 전에는 베이킹에 대한 이야기를 먼저 하지 않는 편이다. 한번은 누가 갑자기 베이킹이 그렇게 재밌냐고 물어보길래 냅다 그렇다고 하기도 싫었다.

'그럼 재미가 없는데 하겠어? 저걸 질문이라고 하는 건가.'

나를 즐겁게 하는 일을 자주 하고 있는 것뿐이라 그렇다는 말밖에 별로 할말이 없는데,

"어휴, 난 귀찮아서 그런 거 못 해!" 손사래를 친다.

"진짜 대단해요…. 안 피곤해요?"

주로 이런 식으로 남 걱정이 많다. '내가 하는데 왜 당신이 힘들어해?' 모든 사람이 새벽 2시까지 방황하다 잠들고, 놀 거리나 할 거리를 찾느라 전전긍긍하는 금요일 오후를 보내는 것도 아닌데.

"정말 멋지다"는 칭찬도 이젠 어떻게 받아들여야 할지 모르겠다. 가장 불편한 것은 '되게 열심히 하더라', '왜 이렇게 열심히 해?' 등 칭찬으로 둔갑한 이런 코멘트들이다. '적당히 좀 하지'라는 뜻임을 어쩌면 이 말을 꺼내는 상대방보다 내가 더 잘

알고 있다. 아주 가끔은 거리낌 없이 퇴사를 준비하냐고 묻는 사람도 있다. 뭔가를 저렇게 열심히 하는 데는 목표나 이유가 있을 수밖에 없다는 논리다. 인생에 대한 불안감을 느끼기 시작했을 때, 마음을 담아 무언가를 열심히 하는 사람을 보면 불안해지는 정체기의 사람이 가진 특징인가. 안타깝다. 좋아서 시간 내어 무언가 하는 것을 있는 그대로 바라보지 못한다는 것. 목적이나 소득 없는 일에 에너지와 시간을 투자하는 것에 인색한 세상도.

먹고 사는 일이 아닌 것에 열정을 가진다는 것이 별나고 재미난 것으로 취급되는 현실도 안타깝고, 취미를 가지는 것이 대단한 자랑이 되어야 하는 분위기도 싫다. 돈도 안 되는 활동에 열정을 들이붓는 사람을 '별종'으로 대하는 시선들.

예전에 참여한 앙트르메 디저트 원데이 클래스에서 만난 수강생이 생각난다. 내가 하고 싶은 것에 대해 듣더니 말이 끝나기도 전에 '아, 푸드 스타일리스트?'라고 내 진로를 결정해주더니, 다음엔 버터크림 수업이 잘 없는 것이 아쉽다고 하자 '있잖아요, 버터크림 플라워(모양 깍지를 이용해 섬세한 꽃을 만드는 장식 기법)!'라며 설명하는 족족 내 적성을 골라주려고 했었다. 수업 내내 계속해서 이런저런 자격증을 추천하던 그 사람…. (앞에서 '글루텐 프리가 몸에 좋아요?'라고 물었던 바로 그 사람이다.) 그 전형적인 행동들에 기분이

탁해졌다. 케이크와 과자를 만드는 데 꼭 자격증을 취득해야
하고, 고급 과정을 수료해야만 하는지. 공식적 인증에 참
목을 맨다. 뭐든 먹고살 수 있도록 기술로 만들어야만 마음이
편해지는 것은 치열한 경쟁 사회에서 비롯된 것일까.

좋아서 하는 것이지만 베이킹을 하며 항상 행복하고 마냥
웃어가며 할 수 있는 것은 아니다. 걱정되고, 지치고, 망쳐서 울고,
시간에 쫓기고, 대체적으로는 고난의 연속과 그것의 해결이다.
홈베이킹은 준비, 만들기, 정리가 거의 같은 비율로 시간이
들어가는 활동이다. 레시피를 찾고, 재료를 공수하고, 스케줄을
잡고, 무엇을 만드는지에 따라서 일주일의 일정이 결정된다.

주말에 집에서 케이크를 구우려면 적어도 5일 전에는 뭐가
필요한지 미리 알아보아야 하고, 부족한 재료는 어떻게 구해야
할지 생각하고 행동에 옮겨야 한다. 주말에 만나는 사람에게
주고 싶은 파이가 있다면 전날 밤에 파이 도우를 만들고 주말
아침에 일찍 일어나 완성해야 한다. 바쁘지만 내가 일부러 내는
시간이니 소중하게 쓴다.

레이어 세 개 이상의 케이크를 만들 때, 오븐의 사이즈나
가진 팬 수에 따라 한 번에 한두 개의 시트만 구울 수 있고,
완전히 식히기 위해서는 몇 시간이 걸리므로 우선 하룻밤 안에
시트를 다 굽고 다음날 아침에 아이싱을 하는 것이 편리하다.
케이크를 시간 맞춰 전달해야 한다면, 그 일정도 고려해야

한다.

　시나몬롤같이 발효 과정이 있는 것을 만들 땐, 완성하고자
하는 시간을 기준으로 어느 시점에 오븐에 넣고, 그전 발효는
언제쯤 다 되어야 하는지를 계산해봐야 한다. 어디로 가야
어떤 재료나 도구를 구할 수 있는지 알고, 없으면 없는 대로
베이킹 하는 요령이 생긴 지금과는 다르게 케이크 틀 하나도
해외 배송으로 구하던 때가 있었다. 그때를 기준으로 한다면,
케이크 하나를 만들기 위해 한 달 반 이상 준비만 하기도
했었다. 이런 과정이 있기 때문에 홈베이킹은 내 삶의 다양한
곳 구석구석에 파고들어 있다. 일을 하다 문득 필요한 재료가
생각나고 길을 가다 멈춰 서 냉장고에 버터가 얼마나 남았는지
곰곰이 생각하는 일도 허다하다.

　하지만 준비부터 선물하기까지 홈베이킹의 모든 단계가
나에게 즐겁다. 검색하고 준비할 땐 설레고, 만드는 과정에서
평소에는 잘 못하는 집중을 하고, 정리정돈과 포장을 하면서
성취와 안도감을 느끼고 또 선물할 때의 기분까지. 물론
모든 단계에서 다양한 어려움이나 예상치 못한 상황이
발생한다. 요가나 스트레칭처럼, 어려운 자세를 유지하려
온몸을 바들바들 떨기도 하고, 그 느릿한 동작 안에서 근육이
늘어나거나 강해지고 있다는 만족감을 느끼기도 한다. 나름
균형이 잘 잡힌 건강한 감정의 여행이라고 해야겠다. 가장

짜릿한 순간들을 고르자면, 준비 할 때, 케이크를 완성할 때, 케이크 사진을 찍어 많은 이들과 공유할 때다. 어려움이 있더라도 이 과정을 마치고 나면, 약속을 지켰다는 기분이 든다.

베이킹이 주는 감정은 시간이 지나면서 조금씩 변하기도, 또 처음으로 돌아가기도 한다. 최근에는 믹서를 돌리다 불현듯, 나를 위해 하는 일이고 그 누구도 원하지 않는 케이크를 만들지언정, 나는 혼자 힘으로 조용히 새로운 기술을 배워서 자유롭게 그것을 구사하게 되었음을 새삼 깨닫고, 여가 시간에 더 생산적인 사람이 되는 기분이 들었다. 종종 마음에 안 들던 나 자신도 좋아지게 되는 시간.

이렇게 나를 즐겁게 하는 내 취미가 먹고사는 일이 된다면 어떨까. 그 생각을 안 해본 것은 아니다. 그럴 때면, 단순하게 쿠키를 굽던 일이 쿠키를 생산하는 일로 바뀌는 상상을 하고, 그렇게는 계속해서 행복하게 할 수 없을 것 같다는 결론에 다다른다. 내가 이 취미를 계속해나갈 수 있는 것에는 분명한 이유가 있다. 월급은 월급대로 꼬박꼬박 받아가며 원가 고민 등 큰 어려움 없이 재료를 구입해 케이크와 쿠키를 만들어 먹고 나누며, 진짜 베이커리에서 해결해야 할 골칫거리와 난관에 휘둘리지 않는 우아한 삶을 살고 있기 때문이다. 이런 우아함이 '굴곡 없는 삶에 대한 콤플렉스'로 느껴질 때면 내 소박하고 낡은 첫 오븐을 떠올리며, '그래도 그 오븐으로 꽤

괜찮은 파이 크러스트도 만들지 않았나….' 하며 자존심에
붙은 먼지를 떨어내본다.

취미로 하고 있어서 주변 사람들에게 칭찬도 듣고 응원도
받는 것은 아닌가 싶었다. 이게 내 직업이 된다면 매일 멋진
케이크와 쿠키를 만들어내는 것은 당연해지겠지.

보통의 하루하루를 살아가면서 했던 고민들을 취미
생활 때문에 또 하게 되면서 나의 정신에도 또 하나의
세계가 추가되었다. 거기서 생겨나는 새로운 감정들을
느끼며 살아가느라 피곤하지 않을 수가 없지만 그런 나를
불쌍해하지는 않는다. 내가 좋아하는 일이 즐겁다면, 케이크
하나가 세상에 필요한 일인지 의심하는 피곤한 생각은 나를
미워하는 다른 곳에서 하도록 놔두는 편이 낫다. 내가 믿을
사람은 나뿐이고, 그 누구의 기쁨도 그대로 나의 기쁨이
되지는 않으니 내가 좋아하는 건 나만 좋아하면 된다.

시간과 노력을 들여 개인 활동을 하는 사람에게는 그만한
이유가 있다. 저러면 언제 쉬나 싶어도 그 활동을 하면서 느끼는
기쁨에서 충분한 보상을 얻고 가장 편안한 정신의 휴식을
취한다. 그러니 호기심에라도 그게 그렇게 재미있냐, 왜 이렇게
열심히 하냐는 질문은 그만하라고 조언하고 싶다. 진짜로
즐기는 사람에게 다른 사람의 인정과 허용은 아무런 의미가
없고 그는 더 깊고 넓은 우주를 만들어가느라 바쁠 뿐이다.

오해와 재발견

브라우니를 이해하기까지

브라우니를 먹고 싶은 날은 갑작스럽게 찾아온다. 대단히 멋지고 신기한 케이크를 만들어 사람들을 놀라게 하고 싶은 그런 날과는 다르다. 내가 나를 위해 가장 달콤하고 맛있는 것을 만들고 싶다고 생각할 때, 달고 진한 디저트의 왕 브라우니는 충동적인 디저트 식욕에 손쉽게 답해준다. 브라우니를 만드는 생각만으로 행복한 기분이 드는 것도 사실이다. 겉모습이 그렇게 화려하고 멋지지는 않아서, 어디에 보여주기 위함이라기보다는 셀프 케어의 일환으로 만들곤 한다. 또, 누군가에게 마음이 담긴 맛있는 한 상자를 선물하고 싶을 때, 케이크 대신 이 강력한 초콜릿 네모들 한가득도 아주 좋은 선물이라고 생각한다.

진짜 브라우니가 무엇인지 이해하기까지 시간이 걸렸다. 오랜 시간, 촉촉하면서도 가벼운 미국식 초콜릿 케이크의 맛과 감촉으로 브라우니를 기억하며 살아왔다. 이곳의 브라우니

맛에 연신 실망을 하며 '한국엔 진짜 브라우니가 없다'고
단정지었다. 시간이 흘러 방문한 뉴욕에서 먹어본 여러 가지
브라우니 덕에, 그것은 대단한 착각이었다는 것을 알았다.

브라우니와 초콜릿 케이크는 엄연히 다른 디저트다.
케이크는 다양한 재료가 만나 부풀어오르는 것을 바탕으로
만들어지기 때문에 팽창제가 들어가고, 뜨거운 공기가
내부를 부풀어오르게 해서 가벼운 크럼을 만들어내는 것이
일반적이다. 브라우니는 그런 팽창제가 들어가지 않고 납작한
형태로 구워지는데, 제누아즈나 스펀지케이크보다는 묵직하고
쫀득한 식감을 가지고 있는 것이 특징이다. 그래서 외국에선
케이크가 아닌 쿠키로 분류된다. 재료 면에서는 케이크보다
훨씬 적은 양의 밀가루, 그리고 더 많은 코코아파우더나
초콜릿이 들어간다. 케이크를 만들다, 팽창제 역할을 하는
재료(베이킹파우더, 소다, 달걀 등)를 깜빡하면 얼추 브라우니
비슷한 느낌이 된다고 할 수도 있겠다. 예전에 한두 가지
재료를 빠뜨리고 만들었던 케이크를 통해 배웠다.

브라우니의 역사에 대해 읽다 흥미로운 사실을 알게
되었는데, 브라우니의 기원으로 알려진 제품에는 초콜릿이
전혀 들어가지 않았다. 1800년대 말~1900년대 초에 만들어진
것으로 알려진 이 '쿠키 바cookie bar'는, 실은 당밀을 넣어 만든
쿠키에 그 기원을 두고 있으며 쿠키 반죽을 네모난 틀에 넣어

네모난 바 모양으로 구운 것에서 시작했다. 케이크가 아닌 핑거 푸드로 먹을 수 있는 쿠키 형태였고, 이 시기의 다양한 레시피에서 실제 '브라우니brownie' 라고 불리던 쿠키가 몇 가지가 있던 것으로 추정된다고 한다. 지금의 브라우니처럼 초콜릿을 넣어 만드는 종류는 20세기 초반에 처음 선보인 것으로 알려져 있는데, 당시 그것 반응이 좋아 지금까지 만들어지고 있다.

내가 알고 있던 브라우니의 개념이 흔들리며 나름의 혼란을 겪다, 맛있는 브라우니를 한번은 경험해봐야 하지 않을까 하는 생각에서 처음 만들게 되었던 것 같다. 크게 기대는 안 했지만 그래도 대표적인 미국 디저트인데, 항상 만드는 파운드케이크나 쿠키 말고도 해봐야 하지 않겠나. 그때 본 레시피는 미국식 디저트의 길잡이인 스텔라 파크스의 책에 실린 것이었는데, 처음 만들 때는 굽는 시간에 자신이 없어 고민했던 기억이 난다. 레시피에서 알려준 시간은 한참 지났는데 가운데를 찔러보는 케이크 테스터로는 안 된 것 같고, 표면은 보통 케이크처럼 밝은색에서 갈색으로 구워져서 육안으로도 확인이 어렵다. 책에서는 '가운데를 손가락으로 눌러봐서 아래쪽 팔뚝 눌렀을 때 정도'라고 정말 정확히 설명해놓았는데, 그렇게 비교하려니 계속 브라우니를 눌렀다가 팔뚝을 눌렀다 하는 것만 수없이 반복했다. 더 이상 무작정

기다리는 것도 아니다 싶어 다 됐다 치고 꺼냈던 기억이 난다.

처음 피칸파이를 구워야 했을 때, 속이 익었는지 도무지 알 수가 없어 당황했던 것과 비슷하다. 그 후로 몇 가지 레시피로 여러 번 브라우니를 구워봤지만, 사실 아직도 언제 다 구워졌는지 잘 모르겠다. 그냥 느낌상 괜찮을 것 같으면 꺼내는데, 대체로 결과는 좋다. 사실 돼지고기 요리하듯 바싹 익혀야 하는 건 아니고, 재료가 설익은 것만 아니라면 굳이 더 많이 굽느니 살짝 덜 구워져도 좋다는 것이 내 생각이다. 브라우니 속이 더 촉촉하고 찐득해진다고 할까. 베이킹에서의 촉은 정확한 수치를 기반으로한 판단력보다는 그냥 괜찮을 거라는 믿음에서 비롯되는 것도 같다. 어쨌든, 브라우니를 만들면서 이건 초콜릿 케이크가 아니라는 것을 알게 되었다는 데 큰 의미가 있다고 생각한다.

미국에서는 사람마다 좋아하는 브라우니의 타입이 있다고 한다. 크게는 케이크스러운cakey 것과 찐득한fudgy 것으로 나뉘고, 너트류가 들어가거나 추가 재료가 더해지는 타입도 있다. 케이크스러운 브라우니가 정확히 무엇인지는 모르겠지만, 찐득한 초콜릿 브라우니보다는 케이크처럼 약간 가벼운 느낌이 아닐까 싶은데 그게 맞다면 나는 분명 찐득한 브라우니를 선호한다. 정확히는 이게 케이크인지 초콜릿인지 모르겠을 정도로 묵직하고 밀도 높은 식감의 브라우니를 한입 베어 물어 씹다가 삼킬 때쯤엔 꼴–깍 하고 힘주어 넘겨야 하는 정도. 잘랐을 때 단면에 케이크같이 고슬고슬한 크림이 보인다기보단, 자르고 난 칼에 묻은 찐득한 초콜릿을 닦아야 하는 브라우니라고 해야겠다. 이에 끼지 않고는 도저히 먹을 수 없는, 혼자 집에 있을 때 먹고 싶은 그런 브라우니. 때때로 내가 만든 브라우니를 먹을 때는 사람이 이것 하나를 어떻게 다 먹는지, 정말 다 먹어도 되는 건지 고민한다. 그러나 이런 식의 본능과 이성의 싸움이란 긴장되는 아슬아슬한 균형이라기보단 내 안의 어린아이가 원하는 것이 언제나 조금은 더 우세한 게임이라 이렇게 달고 묵직한 브라우니 하나 정도는 쉽게 사라지게 할 수 있다.

혼자 집에 있을 때 먹고 싶은 것의 의미가 중요하다. 아름다운 분위기를 즐기거나 추억을 남기기 위해 또는 새로운 경험을 하고 싶어 찾아가서 먹는 디저트나 음식들이 있는가 하면, 개인적인 행복을 찾을 때 우리는 우리에게 어떤 선물을 선사할까. '역시 밤엔 라면이지', '비싼 식당 다 필요 없고 집밥이 최고다!' 식의 소박함이나 익숙함에서 느끼는 안전한 만족감보다는 훨씬 복잡한 문제다. 남들에게 잘 보여야 하고 윗사람을 만족시켜야만 하는 우리의 평일 낮을 없던 일로 해줄 원초적 행복. 오직 나 자신을 위한 그것이 뭔지 찾기 위해 많은 시간과 노력을 들여야만 한다. 내가 찾지 않으면 안 된다.

행복은 가까이에 있다는 말, 생각 못한 곳에서 작은 행복을 찾으라는 말에는 기대고 싶지 않다. 행복의 발생은 생각만큼 자연스럽고 유기적이지 않다. 엄연히 일궈야 하고 찾아내야 하는 개인의 자아 같은 것이다. 그것이 오기만을 무작정 기다리다 그대로 끝나버릴 수도 있는 사람의 인생은, 우리 엄마가 말한 것처럼 대체적으로는 불행과 고난의 연속이다. 행복은 꽤 치열한 싸움으로 쟁취해야 한다.

타고난 환경은 있지만 타고난 행복이란 없고 우리는 울면서 태어나 미소 지으며 눈 감을 수 있는 삶을 살기 위해 브라우니를 만들며 살아야 한다.

2부

베이킹 안 한
한 달

새로운 삶의 시작을 축하하며

지난 3주가 좀 넘는 시간 동안 감당하기 벅찬 변화가
일어났다. 갑작스럽게 내린 결정들로 망설이거나 느릿하게
고민하는 시간을 가질 새도 없었다. 이런 방식의 삶이
좋은 점은, 걱정하며 심사숙고하는 마음의 불편함을 겪지
않아도 삶에 변화를 줄 수 있다는 것이다. 굵고 단단한 풀과
나뭇가지가 뒤엉킨 열대의 정글 속을, 한 손에 쥔 긴 칼로
고민 없이 힘차게 가르며 빠르게 통과했다. 용맹하게 살아
남았다기보다는 모험의 끝에서 지쳐 쓰러졌다고 해야겠다.
　그동안 결혼을 하고 강아지를 입양했다. 살을 좀 붙여 다시
말하자면, 별다른 행사 없이 혼인 신고에 반지까지 맞추는
것으로 결혼식을 대신하고, 몇 년간 함께 고민했던 강아지를
입양했다. 국제결혼이라는 특수성 때문에 장·단기적으로
처리해야 할 일들이 많아 몸과 마음이 바빠졌고, 새로 온
강아지도 챙기느라 내 생활은 하루하루 한치 앞을 볼 수 없는

회오리바람 속 같았다. 경험해본 사람은 알겠지만 이민국 허가 업무는 길고 긴 전쟁이다. 거기에 집에 어린 강아지가 있으니 잠도 포기해야 했다. 베이킹은 도저히 생각할 수도 없었다. 신경 쓰이는 일 이외에는 아무것도 못 하고 오로지 하나씩 해치워야만 하는 성격이라 모든 시간을 골치 아픈 일과 해야만 하는 일들을 해결해나가는 데 쓰고 있는 것이 사실이다. 한동안 베이킹 없는 생활에 약간 불안한 마음이 들었지만, 이내 '어차피 나를 위해 하던 일'이고 내 마음에 여유가 있을 때 하면 되겠거니 했다. 언제든 틈만 나면 무언가를 적으려고 펴놓았던 베이킹 노트도 들여다볼 필요가 없었다. 마음이 불편하다보니 뉴에이지 철학이나 인생 처세술서의 제목 같은 말들을 나 자신에게 하게 되었다. '치열하지 말 것', '아무것도 이루지 않아도 된다', '내려놓기' 등…. 어느덧 무던해지고 그냥저냥 시간을 흘려보내고 있는 나를 보았다. 무언가를 이루고 만들고 싶다기보다는 그냥 신경질이 나고 마음이 조급했다. 중요한 일들에 압박받고 있다고 생각했는데, 사실 그보다도 내게 즐거운 일을 못 하고 있다는 것이 슬펐던 것 같다. 나의 결혼을 국가로부터 인정받고, 가족구성원과 함께 한집에 살기 위해 수많은 서류를 준비해야 하는 것에서부터, 국경과 국적이라는 분류와 자격 요건 때문에 개개인이 경험해야 할 폭력적인 절차나 인권 침해, 뭐 이런 것들 때문에 나에게는 그보다 더 중요한 쿠키 하나 제대로 못 만들고 있는 것 아닌가.

비관적인 생각의 위험성이 느껴진 또 다른 순간은, 베이킹을 못 하고 있다고 이렇게 불편해하면서도 언젠가는 꼭 만들어보고 싶은 디저트를 상상하고 계획할 의욕까지 잃었을 때였다. 보통은 바빠서 베이킹을 하지 못 할 때는 나중에 여유가 생기면 만들 것들을 노트에 빼곡히 적어 놓고 이걸 언제 다 만들어보나, 설렘과 불안으로 배배 꼬이는 배를 잡고 이런저런 베이킹 책을 들춰보고 재료 가득한 부엌 수납장 주변을 어슬렁거린다. 하지만 '이것도 만들고 저것도 만들어봐야겠다'라는 희미한 약속마저도 하기 싫어질 때, 그땐 진짜 걱정을 해야 하는 것이 아닐까. 상황이 여의치 않으면 굳이 하려고 애쓰지 않아도 된다고 스스로를 위로하던 마음이 실은 항상 하던 베이킹을 하지 못해 생기는 불안함이었던 것이다.

결혼을 축하하기 위해 가졌던 가족 식사 자리에 그래도 케이크는 있었으면 좋겠다는 생각에 급하게 하나 만들어봤다. 웨딩 케이크니까 2단으로. 믹서를 덜 쓰면서 만들 수 있는 케이크를 생각하다, 초콜릿으로 정했고 1단은 일반 케이크, 2단은 남편도 먹을 수 있는 글루텐 프리 케이크로 만들었다. 2시간 안에 버터크림을 만들고 장식까지 해야 했던 탓에

귀엽고 단순하게 디자인했다. 나쁘지 않게 구색도 맞췄고 무엇보다 모두들 맛있게 잘 먹어주었다. 가장 뿌듯했던 것 역시, 남편도 자신의 웨딩 케이크를 먹을 수 있었고 글루텐 프리 식단을 하지 않는 가족들도 밀가루 없는 케이크에 만족했던 것.

안 쓰던 의자에 쌓여가던 먼지를 떨어내고 잘 치운 테이블 앞에 자세를 바르게 고쳐 앉아보는 기분이 들었다. 심혈을 기울여 케이크를 만들 때는 느끼지 못할 뿌듯한 기분을 느끼고 나니, 마음이 바빠 만들 생각이 없었던 케이크들을 또 만들어보고 싶어졌다.

케이크를 만드는 데 나에게 중요한 것은 아이디어나 기술도 아닌 바로 동기 부여다. 아무것도 없는 데서 감정을 만들어내 그것으로 케이크를 상상하고 장식하는 일은 무척 어렵다. 이런 컬러에 저런 파이핑(모양 깍지를 이용해 케이크를 장식하는 기법)이 들어간 케이크를 만들어보고 싶은데, 단지 그게 모양새가 좋을 것 같다는 이유만으로는 만들고 싶지 않다. 동기나 목적이 있으면 생각 없이도 좋은 결과가 나오는데 그동안 그게 없다보니 기가 막힌 아이디어가 떠올라도 왜 해야 하는지 이유를 모르겠어서 실행으로 옮기는 게 여간 힘든 일이 아니었다. 그래서 하루는 그동안 몇 번이고 스케치만 해놓고 만들지 못했던 침대 모양 케이크를 만들어보기로 했다. 강아지가 온 지 며칠 지나지 않았을 때, 자리를 비운 10초 사이에 이불에 오줌을 누고 말았다. 배변 훈련이 되어 있던 강아지라 황당했지만 망설일 틈 없이 시트를 벗겨내어 세탁기에 집어넣고, 바보같이 웃고만 있는 강아지 얼굴을 보는 그 순간, '아, 이게 앞으로 우리가 살아야 할 인생이구나' 싶었다. 강아지가 온 날, '아뿔싸, 우리가 왜 그런 결정을 했지?' 하며 작은 공황 상태에 빠졌던 것과는 또 다른 막막함이었다.

　이날이 내 인생의 새로운 챕터를 여는 바로 그 순간이라고 느껴졌고, 그것을 기념하고자 이 케이크를 만들어야겠다고 생각했다. 마음에 들었던 웨딩 케이크 속의 초콜릿 케이크를 굽고 버터크림을 만들어 우리 집과 강아지를 닮은 모습으로 장식했다. 욕심 부리지 않고 잘 만들어야겠다는 압박도 없이 내 이야기를 담은 케이크를 완성했다. 생각했던 대로 만들어지지도 않았고, 내가 만든 가장 멋진 케이크도 아니었다. 하지만 시시때때로 제동을 걸곤 했던 생각과 실행 사이, 그 '목적'의 부재를 메울 방법을 조금 알게 된 것 같다. 그 간극을 메워 내가 느끼던 공허함과 불편함(죄책감이라고 표현하기엔, 내가 정말 지은 죄가 없어서) 없이 내게 떠오르는 이미지들을 앞으로는 스스럼없이 구현해낼 수 있을 것만 같다.

지는 게임일지라도
한번 해보는 것

초콜릿 칩이 들어간 오렌지 파운드케이크

베이킹에 익숙해지고 하나의 레시피를 여러 차례
만들어보면, 갑자기 어떤 날은 레시피를 그대로 따라하기보다는
새로운 재료 조합을 찾거나 만드는 방식을 바꿔보고 싶을 때가
있다. 나름의 레퍼토리가 많아지면 여기서 얻은 아이디어와
저기서 가져온 요소로 케이크를 만들어볼까 고민한다.

이쯤 되면 지겨울 파운드케이크 이야기. 내가 자주
만드는 이 케이크는 우연히 찾은 크림치즈 파운드 레시피를
사용하는데, 레몬 파운드를 만들어야 할 때는 다른 곳에서
레시피를 찾기보다 이 레시피에 레몬을 더해 만든다. 이
레시피를 좋아해서 그러기도 하지만 괜히 어설프게 뭘
시도했다가 실패하는 게 두렵기도 해서다. 좋아하는 레시피를
외면하고 만든 파운드케이크 맛에 실망이라도 하면? 얼마
전 새로운 것을 해본답시고 야심차게 케이크를 만들었다가
처참하게 실패를 맛보았다. 맛이나 재료는 큰 문제가

아니었지만 잘못된 계산으로 구조가 무너져 처참하게 끝나버린 슬픈 이야기. 어렵게 시간을 내어 베이킹 하는 홈베이커에게 이런 한 번의 실패는 꽤 부담스러운 경험이다. 특히나 이렇게 오래 생각하고 계획하고서도 실패해버리니, 한 주간 다른 준비를 하고 또 실패할지도 모르는 베이킹을 해야 한다는 생각에 기운이 빠진다.

실패하는 경험과 그 소중함에 대해 자주 생각한다. 아까운 재료를 버리거나 손해보는 일이 없이, 와르르 무너지는 케이크 없이도 배울 수 있는 인생의 공짜 교훈은 있을까. 실패의 경험 없이 얻는 가상의 지혜는 자기 것이 아닌 것에 대한 뒤틀린 소유권을 맛보게 한다. 이런 방식의 배움에 익숙해진 정신은 현실을 마주했을 때 어떤 모습일까. 가상의 지혜로 헤어나올까 아니면 의미 없는 몸짓을 하며 무너질까. 그런 삶의 가장 흔한 부작용은 새로운 시도를 하지 못하는, 헤어나올 수 없는 루틴을 살아버리는 삶이다.

널리 쓰이는 표현 중에 이해되지 않는 것들이 많지만, '지는 게임은 하지 않는다'는 표현만큼 모순적이고 못난 말이 있을까. 자신만만하고 전략에 능한 완벽주의자로 나를 포장하려고 하는 말이지만 동시에 자신이 완벽한 겁쟁이임을 선포하는 것이 아니라면 뭔가. '어려워 보이는 건 안 한다', '내가 잘할 줄 아는 것만 해보겠다'라는 말. 어떤 면에서든 설득력이 없는

발언이 아닌가. 이 표현은 다양한 관점에서 못났다. 미래를
읽을 수 있다는 거만함, 쉽게 살아가려는 비겁함 그리고 성공의
기쁨만을 누리려는 게으름까지….

지는 게임은 안 한다던 만화책 속 캐릭터는 대체로 결국
바보 같은 모습으로 쓰디쓴 패배의 맛을 보고, 그마저도 남
탓을 한다. 못난 점들을 이렇게 원색적으로 늘어놨지만 이런
태도는 나에게서도, 내 주변에서도 빈번히 볼 수 있다.

큰 실패나 잘못한 결정, 한순간의 실수 등으로 곤경에
처하지 않았던 매끈한 인생은 무엇을 어떻게 했기에 그런
모양새가 됐을까. 무엇을 어떻게 했다기보다는 정말 뭘
안 해서 그렇게 무탈한 것일까. 또 무탈하다는 것은 무슨
의미이고 그것은 우리 삶에 어떤 득과 실을 가져다주나. 탈
없이 사는 인생, 그야말로 별일 없이 안전하고 건강하며 크게
망하지 않아도 되니 그렇게 걱정할 것이 없고 나쁜 운을
피하려 애쓸 필요도 없는 삶이란 얼마나 편한 것일까. 언젠가
TV에서, 행복이란 무엇인 것 같냐는 질문에 누군가 했던 답이
떠오른다.

'아침에 눈을 떴을 때 걱정되는 일이 없는 것.'
이 말이 오랫동안 기억에 남았다. 그땐 그 말에 너무
공감해서, 정말 그렇게 큰 탈만 없어도 정말 좋겠다고

생각했다. 화장실이 없는 곳에서 배탈이 났을 때, 우리가
세상을 향해 기도하며 하는 생각들. '아, 이 위기만 지나면
인생이 평화로울 것이다', '이번만 넘기면 성실하고 착하게
살아야지. 규칙적으로 식사하고 아이스크림도 그만…'
크게 바라지도 않을 테니 어려운 일도 없길, 조금은 감사한
마음이기도 하다.

　인생이 한참 무료했지만 마음은 편안하던 때, 그때 가장 큰
위기와 절망을 느꼈던 것이 기억난다. 걱정할 일도 없었지만,
아침에 눈을 떠야 할 이유도 없었다. 무난하게 탈 없이,
조용하고 대충 사는 게 장땡이라는 주변 사람들의 말이 더
이상 위로가 되지 않는 때가 왔고, 수평선 그래프를 그리는
삶에서 더 이상 얻을 수 있는 것이 없음을 깨달았다.

　많은 이가 '도전'과 '변화'에 대해 필요 이상의 부담을 느끼는
것 같다. 한 달 안에 10kg 감량하기, 혼자 떠나는 세계 여행,
묵언 수행…. 자기 자신을 위해 하는 일도 극단적이지 않으면
시도라고 쳐주지도 않아 지치는 세상이다. 뭘 해도 일등이고
대박이 나야 성공이라 불러주는 세상의 탓이다. 진심을 다해
삶에 작은 변화를 주고 그것을 습관으로 만드는 것이 얼마나
어려운 일인지 안다면, 굳이 첫날부터 풀코스 마라톤을 뛸
걱정을 하지 않을 텐데.

　플레인 파운드케이크나 레몬 파운드케이크만 만들던

나에게 그것을 벗어난 변화를 주기란 역시 쉬운 일이 아니었다. 변화를 주는 것 자체가 어렵다기보다는, 단지 그것을 실행에 옮기겠다는 마음을 먹는 그것이, 마치 좁은 계단으로 커다란 피아노를 옮겨야 하는 것처럼 불가능하게 느껴졌다. 실패의 위험은 있겠지만 그래봤자 아무도 보지 못할 개인적이고 비공개적인 실패임을 받아들이고, 나만 만족시키면 된다는 마음의 평화를 발판 삼아 레시피를 변형해보았다.

　보통은 플레인 파운드케이크를 만드는 크림치즈 베이스 반죽에 레몬 제스트와 즙을 더하거나, 때로는 글레이즈를 올리는 방식으로 레몬 파운드케이크를 만들어왔다. 오렌지 향과 초콜릿 맛의 조합을 좋아해서 그 두 가지 맛을 가진 케이크를 만들어보고 싶었는데, 어떤 방식으로 만들어야 할지 고민이었다. 어떤 것이었는지 기억나지 않는 어느 책에서 본 다크 초콜릿 글레이즈를 얹은 오렌지 케이크가 생각났다. 당연히 마음이 동요했지만 한 가지 걸리는 게 있었다. 이번에 새로 산 번트 틀을 꼭 써보고 싶은데, 글레이즈를 얹고 나면 그 아름다운 번트 틀의 섬세한 모양이 안 보일 것 같았다. 이번에 구매한 새로운 브랜드의 초콜릿 칩이 있으니 아예 반죽에 초콜릿 칩을 넣어 질감을 더해볼까. 단순한 식감의 케이크를 좋아하는 나에게 파운드 반죽에 초콜릿 칩을 더한다는 것이 조금은 긴장되는 변화다. 어차피 해보는 김에 한번 다 몰아서 해보자 싶었다.

레몬즙 대신 약간의 오렌지즙을 사용했고, 자칫하면 쓴맛이 날 수도 있는 오렌지 제스트는 줄여 넣었다. 그것만으로는 혹시 부족할까 싶어 소량의 오렌지 익스트랙트도 사용했다. 아름다운 만큼, 정말 많은 디테일과 굴곡으로 신경 써야 할 부분이 많은 새 번트 틀 구석구석을 버터 칠해주고 오렌지 파운드 반죽을 담아 가운데까지 잘 익도록 구웠다. 다음 위기는 케이크를 틀에서 꺼내는 순서인데, 틀에 기름칠이 꼼꼼하게 되어 있지 않으면 익은 반죽이 들러붙어 케이크 표면이 엉망이 된다. 번트 틀을 이용할 때 종종 일어나는 일이다. 틀까지 완전히 식으면 뒤집어 꺼내는데, 케이크가 무사히 잘 빠져나오면 보이는 섬세한 문양과 광택이 나는 표면은 베이킹을 하면서 경험하게 되는, 가장 만족스러운 순간 중 하나다.

다행히 다친 곳 없이 예쁘게 빠져나온 케이크를 식힘망에 조심스럽게 옮기고 최대치의 인내심으로 한 김 더 식힌다. 깨끗하게 잘릴 만큼 식으면 날가로운 식칼을 준비하고 어떤 부분을 잘라볼지 고민하지만, 사실 잘라보기 전에는 아무것도 알 수 없으니 그냥 마음 가는 대로 잘라 단면을 확인한다. 보통의 파운드케이크보다 크럼이 촉촉하고 부드럽다. 레몬즙과 비교해 향이 약할 수도 있어 오렌지즙 양을 1.5배 정도

늘렸는데, 그 덕에 자칫하면 퍽퍽할 수도 있었을 케이크가 무척 촉촉하다. 오렌지 제스트가 특유의 쌉쌀한 향기로움을 내고, 다크 초콜릿 칩은 적당히 가라앉아 있다. 오독오독 초콜릿 씹는 맛이 은은하고 향긋한 케이크를 지루하지 않게 해준다. 초콜릿 때문에 너무 달지는 않을까 걱정했지만 카카오 72% 이상 함유된 다크 칩을 사용해서 초콜릿의 진한 향과 오렌지의 조화가 과하지 않다.

모든 도전은 시도 자체에 의미가 있다지만 정말 맛이 형편없는 경우엔 참 괴롭다. 하지만 이렇게 상상했던 케이크를 만족스럽게 만드니 이전에 수없이 했던 실패들이 기억나지 않는다. 오직 상상력과 감으로만 찾아낸 조합이 마음에 들면, 그만한 기분도 어디 없다. 진작에 만들어볼 것을, 그러면 몇 번이고 만들어서 더 맛있게 되었을 텐데. 새로 산 번트 틀도 정말 마음에 들고 여러모로 행복한 순간이었다. 실패하지 않았다는 것만으로도 기쁜데, 내가 상상했던 맛을 냈다는 황홀함에 동네방네 소문도 내고 싶고, 빨리 누군가에게 맛을 보여주고 싶다. 오렌지와 초콜릿 조합을 싫어하는 사람이라도 이 케이크는 좋아하지 않을까. 성공적인 작은 도전에 마음이 바빠지고 또 작게 아드레날린이 솟구친다. 혼자 조용히 할 수 있다는 점에서 집에서 베이킹 하는 시간이 즐겁지만, 이럴 때 바로 주변에 누군가가 없는 것이 아쉽긴 하다. 작은 승리들도 좋지만 소란스러운 축제도 가끔 필요하지 않나.

언제나 이렇게 성공하리라는 법도 없고 조만간 또 크게 실패를 할 것도 무섭지만 다음에도 상상 속의 바로 그 케이크를 만들어야지. 앞으로 실패를 하고 실수를 저질러도, 종종 게임에서 지더라도 그게 패배는 아닐 것 같다. 지는 게임도 이기는 게임도 별 상관없다.

다른 언어로 만드는 디저트

바닐라 타르트

익숙하고 확실한 행복과 위험하고 설레는 경험의 사이를 오가며 다 누리고 사는 것은 생각보다 어렵다. '균형'이라는 말 자체에는 안정감이 있지만 상하좌우의 무게를 맞춰 중심에 서 있으려면, 상상 이상의 많은 노력과 집중력이 요구된다. 최대의 집중력으로도 바들바들 떨리는 몸. 신체적으로나 정신적으로나 어떤 면에서도 그것은 무척 어렵기 때문에 매사 성실하고 규칙적이면서 창의적이고 도전적이기까지 한 사람들을 볼 때면, 특히나 그들의 정신적 강인함에 대한 경외감을 느낀다.

나는 무엇이든 익숙해지고 편안해지는 데 오래 걸리고, 그것을 대수롭지 않게 여기는 데에도 긴 시간이 필요하다. 자주 보는 사람의 거슬리는 버릇이나 말투에도 쉽게 익숙해지지 못하고, 매일 걷는 길이라도 낯설고 어색해지곤 한다. 다행히 길눈은 밝아서 헤매지는 않는다. 한동안 꾸준하게 하던 일이어도 몸에 밴 습관처럼 쉽게 그 일을 해내지 못하고 힘들어할 때가 있고 많은 감정 소모로 지치기도 한다. 매일 하는 모든 것이 새로운 도전이고 수행인 삶을 산다. 그럼에도 내 인생이 너무 평화롭고 안전해서 답답하다. 막상 삶을 흔들어 뒤집어놓을 기회가 와도 뒷걸음질 치기도 하니.

최근에 선물 받은 책이 있다. 프랑스식 디저트 만드는 방법을 글과 자세한 그림으로 설명하는 책인데, 대충 보아도 생경한 어휘와 재료들이 여기저기 보인다. 새롭고 설레는 상황을 맞닥뜨리면 종종 위가 꼬이고 배가 아픈데, 그날도 역시 그런 기분으로 집에 와 빈백에 앉아 조용히 페이지를 넘기며 레시피들을 살펴보았다. 보통 새 요리책을 사면 빠르게 넘기면서 만들어보고 싶은 레시피에 표시해두고, 다 표시했다면 하나씩 차근차근 읽어본다. 가장 먼저 만들어보고 싶은 레시피의 재료를 확인하고 집에 재료가 없다면 재빠르게 주문하는 식의 루틴이 있다. 보통 그 루틴은 굉장히 설레고 가벼운 마음으로 반복되지만 이 책으로는 그럴 수가 없었다. 이전에 보던 책들과는 많이 다른 세계관과 언어를 가진 듯, 직관적이고 효율적으로 재료를 다루는 기존의 방식과는 달랐다. 거기에 눈이 팽팽 돌아가는 복잡한 공정과 나에게 없는 도구들까지. 걱정이 앞서는 동시에 지금껏 내가 반복해온 과정에서 벗어날 수도 있겠다는 생각이 들었다. 익숙하지

않은 레시피를 읽을 땐, 몇 배의 집중력이 필요하다. 이해가
되지 않으면 다음 문장으로 넘어가는 것도 의미가 없기에
차근차근 한 단계씩 숙지하며 머릿속으로 그려보고, 보이지
않는 도구들을 들고 공중에서 손 동작을 흉내내며 모든 것을
이해하려 하니 진도 나가기가 참 어려웠다. 배우기 시작한 지
얼마되지 않은 언어로 된 설명서를 읽는 느낌이라고 해야 할까.
그날 밤엔 레시피 하나를 읽고 진이 빠져 잠든 것 같다.

커다란 책을 열심히 훑어본 후, 내게 익숙한 재료를 쓰고
공정도 다른 것에 비해 쉬워 보이는 바닐라 타르트를 골라
만들기로 했다. 재료만 사놓고 2주 정도 미루다가 어느 주말,
내가 가진 최대한의 집중력을 발휘해보기로 했다. 모든 것이
그렇지만, 더욱이 처음 해보는 일에 대비해 완벽한 계획을
세우기란 참 어렵다. 경험이 없으니 어떤 어려움이 있을지
예상할 수가 없어 매 공정이 처음으로 발을 디뎌보는 땅
같았다. 하지만 그만큼 예상되는 두려움도 없었다. 누군가가
몰래 다가와 나를 깜짝 놀라게 하기 전에는 아무것도
모르고 평화롭듯, 어려움은 생각지도 못한 곳에서 재빠르게
나타났다가 떠났다.

새로운 타르트를 만들면서 과정이 복잡한 디저트를 만드는
일이 얼마나 대단한 일인지, 또 얼마나 부질없는지에 대한
생각이 들었다. 손바닥만 한 공간 안에 최소 세 가지의 요소로

맛과 식감의 조화를 개발하고, 각 요소를 연구하고 조리해
겹겹이 쌓고 그 위를 완벽한 표면으로 감싸고 티끌보다 작은
장식으로 완성도를 더해 내어놓는다. 그러고는 '예쁘다' 정도의
감상을 듣는다. 이 작은 덩어리를 창조해내려면 각종 속재료를
조리하거나 굽고, 경우에 따라 몰드에 한 가지 속재료를 넣어
냉동한 뒤, 다음 레이어를 담고 냉동하고 다시 한번 반복하고,
표면을 씌워 냉장, 그다음엔 섬세한 장식까지, 많은 노력과
기술, 인내심을 요구한다. 어느 하나 대충할 수 없는 이
디저트들은 쇼케이스에 진열되어 사람들에게 선택되고 빠르게
소비되며 그 감상은 보통 하루 이틀 안에 잊힌다. 디저트를
만드는 일에나 맛에 큰 관심이 없는 사람이라면, 작은 디저트를
포크로 살짝 잘랐을 때 드러나기 마련인 만든 이의 고민과
해석 들은 보이지 않을 것이다.

　　이 타르트를 만드는 과정에서 가장 어려웠으며
대비하지 못해 당황했던 부분은 다름 아닌 공정 사이의 긴
기다림이었다. 우선 파트 사블레(버터와 달걀을 이용해 만드는
부서지기 쉬운 질감의 과자 베이스)를 만들고 그다음엔
아몬드가루로 비스퀴(머랭에 아몬드가루 등을 넣어 만드는
디저트 베이스, 또는 스펀지)를 만들어 타르트 링 크기로
자르고, 크렘 앙글레즈(묽은 커스터드 크림)를 만들어
젤라틴을 더해 상온에서 식힌다. 거기에 휘핑한 크림을 섞은

바닐라 무스를 만들어 준비한 비스퀴의 타르트 링 안을
채우고 다음날까지 냉동한다. 그러고 나서 미리 만들어놓은
파트 사블레에 냉동한 무스와 비스퀴 레이어를 조심히 얹고
마지막엔 슈거파우더를 올려 완성한다.

　재료를 섞어 식힌 뒤 굳히는 과정은, 굽고 익히는 것보다
훨씬 정적이고 느리다. 굽고 끓이는 것, 달리 말해 적당히
태우고, 필요한 만큼 수분을 제거하는 이전의 공정들은 어찌
보면 좀 더 빠르고 과격한 조리 방식 같다. 케이크를 굽는 것도
지루하고 길게 느껴질 때가 있는데 정말로 대단한 인내심이
필요한 것은, 식히고 굳히는 이런 섬세한 디저트라는 것을 알게
됐다.

　무스 띠지를 사용하는 것도 난제였다. 더 편하라고
사용하는 도구인데 어설프게 쓰다보니 진땀을 흘리고도
제대로 활용할 수 없었다. 그 이유는 해보지 않으면 설명할
수가 없고, 나조차도 도대체 뭐가 문제였기에 그게 그렇게
어려웠는지 모르겠다. 거침없이 머랭을 만들고, 생각할 필요도
없이 케이크 반죽을 섞고 숨 쉬듯 계량을 해왔다. 그러다
이렇게 손발이 꽁꽁 묶여서 하는 듯한 어려운 경험을 하느라
몸도 마음도 힘들었지만, 경험과 시야의 각도가 조금은
벌어지는 기분이 든다. 막상 부딪혀보고 나니, 스스로 기특하고
결론적으로는 자기애의 마일리지를 더하게 되었다.

다 만들고 나니 사진과 굉장히 흡사한 모양새에 기분이
좋았다. 신기하다. 망칠 각오로 해본 건데 이게 된다니. 많이
지쳤기 때문에 조만간 다시 하고 싶다는 생각은 들지 않는다.
하지만 어떻게든 하면 끝난다는 것은 안다. 적당한 고난은
상처를 내지만 무서운 트라우마로 남지 않고 적절한 자기애가
되어 점점 더 서글퍼지는 삶에 에너지를 더하기도 한다.
엄청난 경험치를 쌓을 필요는 없을 것 같고, 또 내가 기구하고
흥미로운 이야기를 가진 인생이 아니어도, 내 삶을 그저 그런
삶으로 평가할 이유도 없을 것 같다.

　　잔뜩 움츠러들어 숨어 살다, 혹시나 하는 마음에 막상
구멍에서 나와 주변을 둘러보니, 무섭게 들리던 바람 소리는
사실 평온한 바다의 물결이었다. 눈앞에 펼쳐진 바다에 몸의
긴장이 풀리고 다시 움직일 용기가 난다. 저 너머의 닿을 수
없는 세상이라고 믿었던 곳을 향해, 그러나 별 목표 없이
천천히 걷다보니 그곳에 발이 닿았을 때, 어색했지만 못 할
것은 없겠다 싶었던 때가 생각난다. 처음으로 혼자 만든
옷이나 내가 만든 최초의 쿠키. 이렇게 해보면 되는 것이겠지.
특별하게 삶을 바꿀 순 없어도, 나를 생경한 곳에 던져보는
것으로 삶을 움직이게 하면 되겠다.

케이크가 나에게
의미하는 것

지나간 기억 속 케이크들

　베이킹을 하면서 알게 된 것 중 한 가지는 아이러니하게도, 사람들이 생각보다 디저트나 케이크를 좋아하지 않는다는 것이다. 달고 짠 것은 당연히 맛있는 것이라고 믿어온, 어린아이 때부터 간직한 내면의 패러다임에 지각 변동이 일어난 것 같은 이 현실 세계는, 지금도 문득 떠오를 때마다 커다란 충격이다. 베이킹을 시작하고 사람들에게 케이크와 쿠키를 나누어주면서 더더욱 그런 확신이 들었다.

　'제가 워낙 단걸 안 좋아해요'라고 누가 말하면 괜스레 예민해지고 위화감을 느낀다. 그렇다면 이런 나를 이상하게 생각하려나. 저 사람은 왜 단것을 싫어할까, 트라우마가 있나 아니면 디저트를 낯설어하는 걸까, 아니면 그냥 맛을 모르는 건가. 이해가 안 되는 일에 대해서는 보통 나 자신을 납득시키려고 해결책을 찾곤 하지만, 이건 정말로 모르겠다. 케이크 안 좋아하는 사람이 여전히 이상하고 신기하다. 본능을 거스르는 독특한 사람처럼 느껴진다고 할까.

'달지 않고 맛있다'라는 말만큼 모순적으로 느껴지는 말이
없다. 버터와 설탕이 섞여 동그란 모양으로 구워진 후 또
버터와 설탕으로 만든 크림으로 꾸며진 커다란 케이크. 맛과
모양 그리고 그것이 의미하는 축하와 기쁨 등의 감정들 중
도대체 어떤 면에서 사랑하지 않을 수가 있나.

모두가 디저트를 좋아하는 게 아니라는 당연한 사실을, 나도
받아들여보려고 했었다. 하지만 그럴수록 낭만은 사라지고
세상은 건조해졌다. 나이가 들면서 사람과 세상에 대한 찝찝한
감정들이 늘어가듯, 케이크는 무조건적인 기쁨이라고 믿어
온 나의 마음에도 의구심이 깃들었다. 그래서 그냥 나와 같은
곳을 보는 사람들의 손을 잡기로 했다. 사람은 복잡하고
다양하니, 단 몇 개의 유형으로 분류할 수 없지만 디저트를
좋아한다면 우리의 본능은 닮아 있다는 것이니까. 종종 세상을
정면으로 받아들이기 싫을 때 언제든 돌아갈 수 있는 내
종족이 있다는 것만으로도 괜찮다고 느꼈다.

단것이 먹고 싶을 때는 그냥 편의점에 가서 여느 군것질
거리를 고르면 된다. 하지만 맛있는 케이크에 대한 구체적
감정과 애정이 있다면 달라진다. 단순히 케이크가 먹고
싶다는 것은 정확한 표현이 아니다. 얼그레이 케이크가 먹고
싶은 것과 당근 케이크가 먹고 싶다는 것은 다른 이야기고,

초콜릿 케이크와 레드벨벳 케이크도 아주 다른 감정이다.
기분이 나빴던 날엔 진한 초콜릿 케이크가 먹고 싶고, 세상과
사람들에게 관대하고 싶을 땐 딸기 케이크가 먹고 싶다.
단순한 감정에 충실하고 싶을 땐 파운드케이크가 생각난다.

누가 케이크를 좋아한다고 하면 그 사람과 즉각적 유대감이
생김을 부정할 수 없다. 그래서 어떤 케이크를 좋아하는지,
어떻게 먹는 것이 좋은지, 어떤 이유에서 먹는지에 대해
이야기를 나누는 것은 정말 신나는 일이다. 케이크에 대한
애정은 서로 비슷한 이유로, 또는 다른 이유로도 생겨난다.

각자에게 케이크는 어떤 의미일까. 때로는 맛보다는
케이크가 가진 의미가 중요한 경우가 있다. 형제자매가 많은
집에서 자랐다면 1년에 하루, 나만을 위해 존재하는 것일 수도
있고, 살면서 여유가 없었다면 나를 위한 달콤한 사치의 의미가
될 수도 있겠다. 나는 사람들에게 좋아하는 디저트나 음식이
뭔지 물어보기를 좋아하는데, 어떤 대답이라도 정답이나
오답은 아니다. 좋아하는 케이크가 무엇인지 알게 되면 그의
보이지 않는 큰 부분을 이해하게 되는 것 같다. 길을 가다 그
케이크를 보면 자연스레 그 사람이 생각나기도 한다.

물론 사진을 통해 지닌 기억이지만, 케이크에 대한
가장 오래된 나의 기억은, 여섯 살 생일 파티의 케이크가
아닐까. 미국에 살았던 때라 케이크도 전형적인 미국식 생일

케이크였다. 대형 슈퍼마켓에서 파는 직사각형의 버터크림 케이크였는데 윗면에는 해피 버스데이 재연Happy Birthday Jaeyeon! 이 쓰여 있었다. 하얀 바탕에 핑크가 섞인 테두리 파이핑과 디즈니 영화《101마리 달마시안》의 강아지들 캐릭터 그림, 그리고 모두에게 나눠주고도 내가 충분히 먹을 수 있는 크기까지 그야말로 완벽한 케이크였다. 또 다른 기억 하나는 어릴 적 미국에서 돌아와 (미국 생활 중 한국을 잠시 방문했었는지도 모른다) 이모 집에서 친척 동생과 놀던 날이었는데 내 생일이었던 것 같다. 누군가 케이크를 꺼내 내 앞에 놓았는데, 오래된 한국식 버터 케이크였다. 어렴풋하게 조각난 기억이지만 동그랗고 빨간 체리 젤리 장식은 잊히지 않는다. 내 앞의 멋진 케이크를 감상하는 와중, '체리 내 거!'라며 동생이 순식간에 젤리를 채가 자기 입에 쏙 넣어 버렸다. 억울하고 분해서 통곡을 했던 기억이 난다. 내 케이크에, 그것도 가장 중요한 젤리 장식을 그렇게 얄밉게 채가다니. 그때 받은 충격은 지금까지 생생하다. 특유의 장판 바닥과 조금은 횅했던 방, 약간은 어둑한 조명과 낮게 드리워진 햇빛까지.

그날부터 케이크에 대한 집착이 생겨난 걸까. 작은 부스러기같이 남아 있는 케이크에 대한 잔상들이 있다. 여섯 살 즈음, 할아버지와 서울 장충동 신라호텔(분명 어떤 호텔이었던 것 같다.) 로비의 라운지에서 어른들은 티를 시키고 나에게는 케이크를 시켜주셨다. 웨이트리스가 트레이에 담긴 음료를 차례로 내어주던 중 너무 신이 난 내가, 웨이트리스의 트레이에 있던 케이크 접시를 얼른 낚아챘는데, 할아버지가 나무라셨던 기억도 있다. 작고 네모난 케이크는 아마도 모카크림이었고 당시 특유의 젤리로 그려진 꽃 장식이 있었다. 더 재미있는 것은 그 케이크를 한입 먹어본 내 감상은 '윽! 내가 원한 것은 이게 아닌데!'였다는 사실. 아무 맛도 나지 않는 것 같은 미끌미끌한 버터크림…. 한국 베이커리에 대한 아쉬운 마음도 그때부터 가졌던 것일까.

케이크로 인해 당황했던 경험이 또 있다. 고등학교 때였던 것 같다. 학원 선생님의 생일을 위해 학생들이 케이크를 준비하기로 했는데 케이크를 책임지고 사오기로 한 친구가 내놓은 것은 고구마 케이크였다. 거기서 받은 충격이 아직도 생생하다. 생일에 고구마? 고구마 케이크라니…? 그 당시 달리 어떤 케이크를 고를 수 있었는지 모르겠지만 고구마 케이크만큼은 아니지 않나. 즐거운 생일 자리에는 어울리지 않는 케이크라고 생각했다. 노르스름한 가루로 덮여 있고, 제과점의 로고가 박힌 이슬 맺힌 납작한 초콜릿 장식(먹으면 혓바닥이 기름으로 뒤덮이는 그런)이 올려진, 조금 차디찬 무스 같은 고구마 케이크와 그것이 놓여 있던 책상, 그 학원 교실의

조명과 공기가 생생하다. 다음으로 충격받은 생일 케이크는
티라미수였고, 마지막으로는 다름 아닌 내 생일에 누군가가
사 온 청포도 타르트였다. 그 케이크는 내 기억 속의 지뢰처럼
머물러 있으며, 아주 가끔 터지곤 한다.

　케이크는 부족함이 없는 완전한 사랑이다. 그래서 내가
좋아하는 케이크의 모습은 접시 위에 놓인 작은 조각
케이크가 아니다. 인색한 45° 각도의 뾰족한 케이크 말고,
커다란 홀케이크가 케이크의 진가를 보여준다고 생각한다.
한 조각 정도는 빠져 있어도 괜찮다. 다양한 종류의 이런
케이크들이 불규칙적으로, 하지만 보기 좋게 차려져 있는
모습은 숨 막히는 대자연의 풍경처럼 희망을 주고 삶을
사랑하게 만든다. 베이커리가 있는 카페나 레스토랑에 갔을 때,
전면에 병풍처럼 펼쳐진 케이크와 디저트 들은 생각만으로도
가슴이 벅차오른다. 직원들의 친절한 미소나 인사보다 더
행복한 환영 인사가 아닐까. 내가 카페나 레스토랑을 연다면
입구에 디저트로 가득 찬 테이블을 내세워 오는 이를 격하게
환영할 것 같다. 그런 광경은 '나는 당신이 행복하길 바란다'는
메시지를 담고 있기 때문이다. 우리 집 거실이 이렇다면 매일이
행복하겠지. 가득 찬 디저트 테이블을 바라보면 수많은 선택지
중 그 어떤 것도 틀린 답이 아니라는 확신. 모든 일이 다 잘될
것은 기분. 내 삶의 작은 고충 정도는 해결되는 그 기분을

케이크가 선사한다.

　나에게 케이크는 축복과 사랑이기도 하지만 내 추억의 주인공이기도 하다. 나의 가장 또렷한 기억들 속에는 언제나 케이크와 디저트, 컵 케이크나 핼러윈 사탕 같은 것들이 있다. 과거에 얽매여 살고 싶지는 않지만 내 기억 속 케이크는 영원했으면. 그리고 내 생일 때는 아무도 고구마 케이크를 가져오지 않았으면.

오븐으로 빚는 평화

내 명상의 모양을 한 케이크

건디기 어려울 정도로 복잡하고 시끄러운 세상 속에서, 가장 단순하고 움직임 없는 행위를 하는 것은 내가 나에게 줄 수 있는 특권과도 같다. 앉아서 눈을 감고 호흡에 집중하는 10분이 내 삶에 어떤 영향을 미칠 수 있을까?

자연에서 나는 새 소리, 벌레 소리, 바람 소리, 파도 소리는 건딜 수 있지만 사람이 내는 소리, 공사장 소리, 자동차 소리, 골목길 오토바이 소리를 건디기가 힘든 이유는 무엇일까. 자연의 소리는 우리의 통제 밖에 있다는 것을 우리는 이미 받아들였기 때문일까. 내가 다른 사람들을 통제할 수 없듯이 그들이 내는 소리 또한 통제할 수 없음을 받아들인다면, 건디기 쉬워질까. 거대한 폭포의 소리는? 작은 소리로 해도 듣기 싫은 직장 상사의 무례한 말들은? 소리의 크고 작음과 상관없이 소리의 종류, 그 소리가 상징하는 것들이 우리를 힘들게 하는 것이기도 하겠다. 같은 데시벨을 가지고 있더라도,

이른 아침 창밖에서 지저귀는 새의 소리가 전달하는 에너지는 술에 취해 싸우는 사람들이 내는 소음의 그것과는 무척 다르다고 생각한다.

공중 화장실을 이용하려고 줄을 서 대기할 때 내 뒤에 필요 이상으로 가까이 붙는 사람이나, 지하철 맞은편 자리에서 나를 뚫어져라 쳐다보는 사람을 만나게 되는 것은 피할 수가 없는 것 같다. 그러나 유연한 마음으로, 그것이 나쁜 기억으로 남는 상황이 되지 않도록 하는 힘을 기르는 방법에 대해 고민해보고자 한다.

평화롭고 고요한 우리의 마음 상태를 정지된 호수와 같다고 해보자. 그렇게 움직임 없던 수면에 외부적 요인이 조금이라도 등장하면 물결이 일어나고 때로는 더 강해져 거친 파도가 되기도 한다. 이때, 무섭게 포효하는 물과 싸우며 지금 당장 잔잔해지길 기도하기보다는, 크게 숨을 들이켜고 하나, 둘, 셋, 수면 아래로 내려가면 귀를 채우던 시끄러운 물결과 파도 소리는 결국 느껴지지 않는다. 서프 보드 위에 엎드려, 파도를 찾아 더 깊은 곳으로 헤엄쳐 가다보면, 타지도 못할 파도가 나를 삼킬 듯 다가오곤 한다. 어차피 피할 수도 없는 파도에 잠기지 않으려고 목을 길게 빼 얼굴을 물 밖에 안전하게 내놓는 게 아니라, 머리를 숙이고 아예 파도 속으로 들어가 충돌과 압력을 피해가야 한다. 다시 물 밖으로 나와보면 나를 잡아먹으려 했던 파도는 이미 해변으로 사라지고 있다.

　잔잔한 수면에 물결이 이게 하는 외부적 요인을
방어하기보단 그것을 있는 그대로 받아들여본다. 그 순간 나의
정신과 내면 안으로 다이빙하듯 들어가면 부정적인 감정은
물론 그 후에 말과 행동도 없어지고, 그로 인한 후회나 분노
같은 감정도 느낄 필요가 없다. 하지만 참 어렵다. 우리의
마음이 언제라도 흔들리고 흘러넘칠 수 있는 수면과 같다니.
왜 돌 같고, 땅 같을 수 없을까.

　살아오면서 한 잘못된 결정이나 작은 실수들, 이루지 못하고
지나친 것들에 대한 미련이 있음에도 나는 과거의 선택들에
대해 후회하지 않는다. 반면 아직 일어나지도 않은 미래에
대한 생각이 훨씬 많다. 그게 걱정이나 불안감일 때도 있고,
설렘일 때도 있다. 다음주에 있을지도 모르는 일에 대비하고
또 나에게 일어났으면 하는 일들에 대해 상상하는 것이 정말
이상하게 달콤하다. 마치 중독이 된 것 같다. 그래서 내가 이
중독을 치료하고 현재에 집중하는 능력을 기르기 위해 선택한
운동이 바로 명상이다.

　조금은 불안정하고, 때론 중심을 못 잡는 나에게 딴생각이
들지 않게 해주는 것들이 몇 가지 더 있는데, 그것 중 하나가
바로 베이킹이다. 베이킹이 요하는 노동과 그것에 동반되는
생각과 계획의 양은 묘한 방식으로 내 성질과 잘 맞고, 혼자서

하는데도 다양한 나 자신과 협동한다는 생각이 들게 한다. 적절한 정신적 집중과 신체적 움직임을 통해 내 감정의 균형을 잡아가곤 한다. 때로는 그 시소가 균형을 잃고 나도 모르는 사이 우선순위가 뒤엉킨다. 즐거운 실험은 앞이 보이지 않는 어두운 길이 되고, 케이크로 사람들을 기쁘게 하고 싶던 설렘은 압박으로 변해 새파랗게 질린 얼굴이 되기도 한다. 하지만 그렇게 스트레스가 생겨나는 순간에 이런 생각을 되뇌인다. '그 누구도 이 브라우니를 언제까지 몇 개를 만들어 오라고 하지 않았다. 이 케이크를 망쳐도 나 말고는 알 필요 없다.' 어떤 대단한 목표나 종착지가 없어도 괜찮다는 사실 때문에 베이킹은 자연스레 생활 속에서 행해지는 명상이 될 수 있다.

생전 처음으로 믹서볼에 설탕과 버터를 넣고 그것이 다른 형태로 변화하는 것을 관찰하면서, 오븐에 넣은 작은 반죽이 15분 후에 먹을 수 있는 따뜻한 쿠키가 되어 나오던 날이 아직도 생각난다. 아무것도 몰랐던 그때 나는 가장 강렬하고 다양한 기분을 느꼈다. 모든 것이 기적 같았고 마법을 부리는 듯한 내 손짓 하나하나가 낯설지만 행복했다. 모두 성공하지는 못했어도 파운드케이크를 굽고 쿠키를 구울 때마다, 변화무쌍한 줄거리를 따라가며 읽는 소설처럼, 내 베이킹 경험도 천천히, 하지만 확실하게 페이지를 넘겨갔다.

베이킹을 한 번이라도 해봤다면 알겠지만, 섞고 조리하는 과정보다 지치는 것이 재료 준비와 계량이다. 꼭 거쳐야 하는 중요한 단계임에도 종종 어찌나 귀찮은지. 막상 재료를 섞어서 굽는 시간은 금방 지나간다. 하지만 최선과 정성을 다해 준비를 해봤다면, 그 준비가 베이킹에 얼마나 중요한 과정인지도 이해하게 된다. 어차피 재료만 담고 바로 씻어버려야 할 그릇이라 해도, 요리 쇼에 나오는 전문가처럼 곳곳에 효율적으로 배치하고, 당장 필요 없지만 중간 단계에서 분명히 유용할 것 같은 도구를 손이 닿는 곳에 두면 좋다. 손을 닦을 작은 수건도 적당히 적셔 테이블 끝에 접어 놓는다. 중간중간 주변 정리도 해가며, 설거지는 닦아야 할 그릇이 생길 때마다 바로 한다. 재료 하나하나 잘 계량하고 또 준비를 마치면 이미 케이크를 몇 개나 구운 듯 피곤해진다. 하지만 그러고 나서 반죽을 만들어보면 바로 느끼게 된다. 그 준비에 들인 지루하고 번거로운 시간 덕에 베이킹을 하는 동안은 모든 것이 훨씬 더 수월해진다. 자연스레 실수도 줄어든다. 누군가가 기다리고 있다가 필요한 순간 내 손에 재료를 쥐어주는 것만 같다.

　명상은 운동처럼 아드레날린을 발산하거나, 땀을 내고 근육을 강하게 만들어주지도 않는다. 명상이 끝나면 특별히 다르게 느껴지는 것도 없고 잠시 편해진 마음은 명상 전의 불안했던 상태로 돌아가기도 한다. 그러나 의식하지 않고 내 생활을 하다보면, 예상치 못한 감정과 에너지가 물결을

일으킬 때 그것을 조금은 다르게, 편안하게 바라보는 나
자신을 만난다. 매일 느끼던 불편한 상황과 감정이, 낯설 만큼
아무렇지 않고 때로는 보이지도 않게 지나가버린다.

처음 명상을 시작했을 때는 내 하루가 달라지는 것을
확실히 느꼈다. 일을 하다 생기는 문제에 압박보다는 해결
방법을 찾는 것에 집중할 수 있었고, 평소엔 듣기 싫었던
말들이 아무렇지 않았다. 그러다 명상에 익숙해지면서 긴장이
풀리고, 오히려 집중력이 흩어지며 명상 중에 더 다양한
공상을 하게 되었다. 그 다양한 공상을 피하지 않고, 오히려
그 생각에 다다르게 된 이유를 찾기 위해 차근차근 거슬러
올라가보며 내가 애초에 무슨 생각을 하고 싶었던 것인지
알아내기도 한다.

언제든 집중을 잘 하고 중립을 지키면서 부정적 감정을 아예
느끼지 못하는 사람으로 나를 변화시켜주는 운동이 아니다.
나의 명상은 지금의 내가 어떤 상태인지 나에게 일러주고
내가 그것을 인지하고 받아들일 수 있게 나를 모니터링하는
시간이다. 고요하게 앉아 있는 이 시간에 나를 돌아보는 것을
통해 나의 약함을 받아들이고 내가 가진 힘을 확인하면서
오늘은 어떤 태도로 걸음을 걷고 또 어떻게 내 의견을 표현할지
계획할 수 있는 정신 트레이닝인 셈이다.

최근 쉽게 찾을 수 있는 다양한 명상 콘텐츠를 접하다보면,

'현재에 존재하는 것being present'이라는 개념이 공통적으로
포함되어 있다. 얼른 생각해보면, 내가 여기 현재에 있지 그럼
과거나 미래에 있는 것은 아니지 않나, 의아할 수 있다. 그럴
땐, 자연스럽게 내가 하고 있는 생각을 관찰해보면 알 수 있다.
지금 나와 내 주변보다는, 내게 일어나고 있는 일과 지금의
공간보다는 과거에 있었던 일, 미래에 일어날 일, 아니면
일어나지 않을 일들에 대해 더 많이 생각하고 있다는 것을
쉽게 발견한다. 우리는 전과 후를 생각하느라 현재를 눈앞에서
놓치며 살아간다. 현재에 머무른다는 것은 이렇듯 생각하는
것보다 어려운 기술이다.

　　과거와 미래의 나에게서 벗어나기 위해 우리가 할 수 있는
최선은, 오늘도 희망을 가지고 레시피를 공부하며 필요한
재료를 마련하고, 계량을 할 때 정확하고 차분하게, 마음이
급해도 주변을 정리해가며 베이킹을 준비해보는 것이다. 계량을
하다 말고 이따 닦을 접시와 볼이 걱정되어 한숨 쉬다 저울의
숫자를 잘못 읽는 일이 있으면 안 된다. 눈에 잘 띄는 곳에
필요한 것들을 미리 두고 잘 기억해놓았다가 필요한 순간이나
예상치 못했던 변수가 나타났을 때 큰 감정의 소모 없이
유연하게 해결하는 것이다. 그리고 어쩌다 실수를 하더라도
다시 나를 끌어 모아 차근차근 상황을 빠져나간다. 그런
기술을 조용히 연마하는 것이 명상으로서의 나의 베이킹이다.

외로움이 나에게
보여준 세상

이웃을 위한 그라놀라

강아지를 입양한 지 두 달 반이 되었다. 강아지가 처음
집에 왔을 땐 작고 겁이 많고 조용했다. 그 걱정을 한 것이
화근이었을까, 처음엔 강아지가 가진 특유의 에너지로 거실과
방을 뛰어다니고, 방향을 바꿀 때마다 가구와 벽에 몸을
부딪히며 우당탕거리는 모습에 놀랐다. 2주 정도가 지나자 그
작은 몸에 있으리라 상상할 수 없었던 울림통이 열리고 말았다.
창밖의 오토바이와 현관 밖 사람들의 대화 소리에 우렁차게
답한다. 종종 혼자 장난감을 가지고 놀다 정신 줄을 놓고
이상한 소리로 혼잣말도 하고, 신이 나서 허공에 대고 한 번씩
크게 소리치기도 한다. 우리에겐 문제될 것이 없었지만, 가장
신경 쓰였던 것이 그 예민한 이웃집이었다. 대낮에 믹서 쓰는
소리에 올라와 소음이 많다며 발뒤꿈치로 걷지 말아달라고
부탁한 아랫집 이웃. 일부러 안 돼! 그만해! 소리쳐서 그
목소리라도 들어주길 바랐다. 그러다보니 강아지를 훈육하는

일이 많아졌다. 주변에 민폐 끼치고 싶지 않다고는 하지만 실은 남에게 욕 먹기 싫어서 뭐든 조심하고 주의하며 생활해온 게 사실이다. 강아지가 무슨 소리라도 낸다 치면 쉬이이이잇! 하곤 했다. 갈수록 내 말과 행동도 빨라졌다. 이런 순간의 반복이 나와 강아지 모두에게 스트레스가 되어가고 있었다.

하루는 강아지를 집에 두고 나가보기로 했다. 울거나 안 울거나, 둘 중 하나다. 강아지를 모니터링할 수 있는 홈캠도 설치했다. 30분이나 지났을까, 결국 강아지는 구슬프게 울부짖기 시작했다. 그 모습을 지켜보며 괴로워하다 결국 집으로 돌아가 강아지를 데리고 다시 출근하고 말았다. 마음 먹고 훈련을 시작한 주말, 생각보다 어려운 훈련에 결국 무너지고 말았다. 훈련은 고사하고 앞으로 어떻게 해야 할지, 내가 할 수 있을지, 항상 이렇게 날카로운 감정으로 살아야만 하는 것인지, 견디기 힘든 압박에 하루 다섯 번은 눈물이 터지고 식욕도 완전히 잃었다. 시간이 해결해 줄 거라고 믿었던 강아지의 행동들은 실은 정말 많은 훈련과 노력이 필요한 부분이었다. 도와주던 남편도 잠시 떠나서 없는 상황에서 혼자 이걸 해내야 하는 것이 너무 무서워서 하루 종일 가슴이 답답하고 심장이 뛰었다. 언제나 함께하던 식구가 없는 외로움 때문에 더더욱 감당하기 어려운 일들이 일어나는 것 같았다.

훈련을 시작하고 우리 건물 사람들이 볼 수 있도록

엘리베이터에 메모를 써 붙였다. '우리 집에 현재 어린 강아지가 있고, 분리불안으로 인해 종종 소음을 일으킬 수 있지만, 열심히 훈련을 하고 있으며 한 달 후에 우리는 이사를 가니 그때까지만 이해해달라'는 내용의 메시지였다.

　다시 한번 강아지를 혼자 두고 나가기로 한 다음날 아침이었다. 정해진 루틴을 따라 아침 6시에 일어나 강아지와 산책을 나가려고 문을 여니 리본으로 묶인 작은 봉투가 발에 툭 걸렸다. 봉투를 열어보고는 급하게 문을 닫고 목줄을 잡은 채 현관 뒤에서 하염없이 울었다. 봉투 안에는 강아지 장난감 하나와 편지가 들어 있었다. 아랫집 이웃의 편지였다. '소음으로 찾아간 이후 그동안 배려해준 덕분에 편하게 잘 지냈고 고맙다, 가끔 강아지 소리가 들렸으나 괜찮다, 하울링 소리가 매우 구슬프고 안타까웠을 뿐 방해가 되지 않았으니 염려 말고 훈련하기를 바란다'는 내용이었다. 길지도 짧지도 않게, 잘못 써서 슥슥 그은 흔적도 없이, 곱지만 망설이지 않고 써 내려간 편지였다. 살면서 처음 느끼는 기분에 며칠간 내 마음을 단단하게 감싸던 압박감이 표면부터 갈라지며 내 몸을 타고 쓰라리게 녹아내리는 느낌이었다. 이런 위로는 받아본 적이 없었다. 고맙기도 했지만 내 정신이 함께 무너지는 느낌이 들었다. 짧지 않은 시간 동안 이 집에 살면서 아랫집 이웃에게 가졌던 내 선입견과 원망이 너무 빠르고 갑작스럽게 교정되어야 했고, 그 감정의 변화가 벅찼다. 나는 내 이웃을 너무 과소평가하고 있었다. 내가 바라던 아주 작은 이해와 양보 이상의 인간적 배려에 충격을 받을 정도로 나는 내 주위에 대해 비관적이고 예민했다.

사무실에 데려가면 몇 번씩 소란을 일으키는 강아지 때문에 일에도 집중하지 못하고, 허둥지둥 강아지를 챙기는 모습에 누가 봐도 내가 신경이 곤두서 있는 것을 알았다. 내가 지쳐가는 모습을 보고 하나씩 다가와 강아지가 소란을 피워도 괜찮다고 말하는 사람들의 위로와 강아지를 바라보는 다정한 눈길에, 나는 도저히 내가 혼자서 살 수 있는 사람이 아님을 깨달았다. 나는 내가 '나'라는 커다란 '에고ego'로만 이루어진 존재라고 생각했다. 나를 나이게 하는 것은 나뿐이고 생각도 혼자, 결정도 혼자 해야 한다고 믿었다. 하지만 지금처럼 내 어려움을 드러낼 때 사람들이 다가와 건네는 말과 위로는 무너지려는 마음을 지탱할 수 있게 했다. 이걸 왜 몰랐을까.

그러면서 평소 가지고 있던 한 가지 의문도 조금 해소되었다. 내가 좋아서 만드는 쿠키나 케이크를 주변에 선물할 때, 깜짝 놀라며 고마워하는 사람들의 반응이 조금은 부담스러웠다. 고작 내 취미 활동의 부산물을 가져다주는 것이 저렇게 고마울 일인가. 그런데 이번에 도움과 위로를 받으며 깨달은 것이다. 고맙다, 괜찮다, 미안하다, 힘내라, 말한마디도 사람을 이렇게 벅차게 하는데, 나를 위해 구운 쿠키 한 상자라면 나라도 기분이 좋겠구나.

엘리베이터 안의 편지로는 조금 부족한 것 같아, 오랜만에 베이킹을 하기로 했다. 누구나 좋아하고 만들기도 쉬운 피넛 버터 쿠키를 구워, 작은 메시지와 함께 종이봉투에 나누어 담은 뒤 건물 안 모든 집 현관 앞에 두고 왔다. 마음의 여유와 에너지가 없어서 하지 못했던 베이킹을, 내 마음을 지치게 만들었던 바로 그 이유 때문에 하게 되었다.

베이킹은 주변 사람들은 물론 얼굴도 모르는 이들과 나를 연결해줬다. 누군가에게 연락하고 싶을 때 괜찮은 핑곗거리가 되고, 생일날 별 감흥 없는 선물로 마음이 다 전달되지 않을 것 같을 때 굉장히 좋은 선물이 되곤 했다.

그제는 바나나 브레드를 만들었고 오늘은 그라놀라를 만들었다. 누군가에게 주고 싶어서 만드는 디저트는 축하 케이크가 아니라면 보통 이렇게 소박한 편이고, 재료가 단순하거나 아침으로도 든든하게 먹기에 좋은 것들이다. 화려한 것보다는 마음을 편하게, 속을 채워주는 것들….
대단한 도전도 화려한 사진도 필요 없다. 상대를 생각하며 만드는 디저트 속에 담긴 것은, 그에게 놀라움을 주거나 잘 보이려 한다든가 하는 긴장감과 조급함은 아니다. 이 쿠키를 즐기고, 이 쿠키가 자신을 위해, 자신을 생각하며 만들어졌다는 것을 느끼게 하고 싶은 욕심이 들어 있다.
파운드케이크, 머핀, 쿠키, 브라우니, 그라놀라…. 어렵지도
않고 걱정도 되지 않고 보내기도 쉬운 그런 것들.

마음에 있는 말을 숨기지 못하는 나이기에 힘든 시간 동안
많은 사람들이 내 이야기를 들어줬다. 여러 사람을 귀찮게도
했지만, 당신들이 그렇게 귀찮음을 참아주는 동안 내가 조금씩
나 자신을 치유해가고 있다는 것을 모두가 알아줬으면 한다.
계속해서 같은 이야기를 들어주는 동안 당신이 한 사람의
마음을 도와주고 있었다는 것을, 작은 용기에 담긴 그라놀라를
통해, 종이봉투에 담긴 쿠키를 통해 알아줬으면 좋겠다.

이렇게 주변 친구들과 이웃, 가족의 도움을 받으며 강아지는
자신감을 길러가고 있고 이제는 평화로운 강아지가 되어가고
있다. 그것이 너무 감사하고 또 기특하고 감격스럽다. 그
힘들었던 시간으로 인해 마음에 생긴 흠집들이 아직까지도 다
아물지 않았고 여전히 갑갑해지는 가슴은 바닥에 누워 하는
명상으로도 진정되지 않을 때가 있다. 아주 오랜 시간이 걸릴
것 같다는 생각도 들지만, 내가 완전히 혼자가 아니라는 것을
확인하고 있다. 그것은 무척 안전한 시작점이다.

힘겨운 시간 속에서 나는 가감 없는 내 감정을 마주하고
그것과 싸워야 했다. 그 시간 동안 새로이 보게 된 것은
존재만으로 빛나는 내 주변의 사람들이었다.

파도를 넘어서 케이크

흔들리는 마음 위, 웨딩 케이크

내 마음이 피로하고, 작은 감정의 변화도 버겁게 느껴질 때, 휘황찬란 아이디어로 가득한 새로운 케이크를 만드는 것은 아주 어려운 일이다. 체력이나 창의력의 문제만은 아니다. 시달려온 정신에게 새로운 도전과 시도를 요구하는 것은 눈을 감고 열 바퀴를 뺑글뺑글 돌다가 땅에 그어진 일직선 위를 휘청거림 없이 곧게 걸어보라 하는 것과 비슷하다. 정신 똑바로 차리고 잘 걷고 싶고 머릿속에선 그게 되는데, 또 그 의지가 없는 것도 아닌데, 이상하게 내 몸과 마음이 뜻대로 다루어지지 않아 한 걸음마다 드는 생각이 있다. '반드시 내디뎌야 하는 게 아니라면 굳이 내디뎌야 하나, 그냥 좀 있다가 걸어볼까.'

요즘 나는 예전처럼 잘 걸어보기 위해, 놓고 있던 정신을 다시 차리는 데 여력을 쓰고 있다. 한동안은 우선순위에서 밀렸던 베이킹이 그립지만, 바로 돌아가기에는 좀 두렵고

어색하기도 해서, 쉽고 간단하고 모양새가 중요하지 않은
것들, 오래전에 해봤지만 또 해보고 싶은 것들을 조금씩
만들어보며 마음을 다잡아가야겠다고 생각하며 지내던 어느
날이었다. 친하진 않지만 마주치면 인사 정도는 나누는 회사
동료에게서 연락이 왔다. 2주 후쯤 하게 될 결혼식을 위해,
다름 아닌 웨딩 케이크를 만들어달라는 부탁이었다. 중요한
결혼식 날의 케이크를 나에게 부탁하다니, 꼭 만들어주고
싶다는 마음이었지만 감격스럽기만 했던 것은 아니다. 최근
느낀 불안장애의 증상들이 나타났다. 심장이 빠르게 뛰고
숨이 가빠지며 압박감이 몰려왔다. 불편한 기분이다. 진심으로
기쁘게 승낙했지만 시간도 부족하고 아이디어도 없고 전달받은
주제를 어떻게 해석해야 하는지도 몰라 모든 게 막막하고
어려웠다. 실망시키고 싶지 않아서 더더욱.

　　토요일 저녁 결혼식, 당일 오전부터 케이크를 만들었다.
일단은 대략적 계획을 짜놓고, 상황에 따라 유연하게
생각을 적용할 줄 아는 내 능력과 경험을 믿고 케이크를
만들기 시작했다. 본격적으로 장식을 하자마자 불안해졌다.
수습할수록 마음에 안 들어 슬슬 화가 났다. 손을
움직여봤지만 이미 나에 대한 믿음이 사라졌다. 과감하게
시도할수록 점입가경의 상태! 재미 삼아 집에서 만들어보는
케이크 만들 때처럼, 마음에 안 든다고 포기하거나 미룰

수도 없는 타이밍이 되어버려서 나는 그대로 눈을 가리고 숨어버리고 싶었다. 그렇지만 누군가의 결혼식을 내 부담감 때문에 망칠 수는 없지. 방향을 바꿔 여러 가지 시도를 해보고, 마음을 다잡아가며 이리저리 애써보았다. 망나니 같은 동물 한 마리를 어르고 달래는 기분으로.

계획대로 결과가 잘 나오지 않는다 해도 만족해버리는 성격인데 이상하게 이 케이크는 그게 되질 않았다. 어떻게든 더 잘해보고 싶은 마음이었다. 장식용 버터크림은 점점 줄고, 시간은 쏟아져 엎질러지듯 지나고 있다. 세탁기에 세제를 너무 많이 넣어서 온 집안에 거품투성이인데 수습하면 할수록 거품이 점점 커져 결국 온 마을을 거품으로 덮어버리게 되는 동화책 속 주인공의 마음이 이랬을까.

아주 오래전에 커다란 캔버스에 그림을 그렸던 때가 떠올랐다. 해도 해도 마음에 안 드는 그림이 갈수록 통제하기 어려운 방향으로 이리저리 헤매고 있었다. 미리 생각 속에 그려놓은 그림은 신기루처럼 멀어지며 안 보이는데 그 그림을 뒤따라 그리려고 했다. 어디서 본 것 같은 잔상을 계획이랍시고 내세우곤, 상상 그대로 되질 않는다고 답답해했다. 추상적인 계획을 구체적 손짓으로 휘두르려고 하니 뭐가 될 리가 없었다. 며칠간 끝을 보지 못하다가, 망친 농사에 불지르듯 그림 위를 모조리 한 색깔로 덮어버렸다. 이제는 나도 모르겠는 이상을 버리니 그때부턴 뭘 해도 상관이 없었다. 복잡하고 시끄러웠던 그림에 눈이 쌓이고 이불을 덮어버린 듯 아무것도 없어 보이는 곳일지라도 그 아래는 골치 아프고 복잡한 마음이 쌓여 있었다. 다른 이에게는 보이지 않아도 내가 보낸 시간과 움직임들이 그림의 겹 아래서 살아 있었다. 그것을 나는 분명히 볼 수 있었다.

섬세하게 장식해나가던 버터크림은 내가 원하는 것과도, 내가 할 수 있는 것과도 거리가 멀었다. 진땀 흘리며 헤매던 길에서 다시 출발지로 돌아오면서, 내 손에 익은 다른 방법으로 케이크를 장식하고 그 과정에서 그때그때 마음에 드는 좋은 방향으로 고쳐보는 것을 반복하며 케이크를 다듬어갔다. 차분해진 마음으로, 인내심을 가지고 움직이는 손길에 조금씩 내 마음에 편한 괜찮은 케이크가 되어갔다. 혹여나 나중에 정신을 차리고 봤을 때 정말 마음에 안 든다 해도 상관 없을 것 같았다. 이 케이크를 만드는 동안 보낸 시간과 내 감정의 변화는 그대로 케이크에 남아 있기 때문에. 복잡한 길을 돌고 돌아 식은땀이 나는 시간을 보낸 후 결국은 마음에 드는 케이크를 가지고 결혼식장으로 향했다.

이 별것 아닌 위기가 이미 약해진 내 마음엔 좀 더 어려운가보다. 어려움이 닥치면 당황하지 않고 해결과 타협을 통해 상황에 잘 적응하는 성격이지만, 어두웠던 시간을 보내서인지 아직은 고개를 들고 똑바로 걷기엔 이른 것인지도 모르겠다. 길을 나서면, 내 발이 어디를 딛고 있는지 꼭 눈으로 확인해야 넘어지지 않을 것 같아 앞을 보기가 어렵다. 아직까지도 내 마음에는 파도가 일고 천둥 번개가 친다. 때론 걷잡을 수 없는 소나기가 쏟아지기도 하고…. 새로운 기분이라고 말할 순 없다. 언제나 있던 기분이지만 매 순간 내가 가진 힘에 따라 쉽게 그 파도가 일거나 잠잠해지고, 한 차례의 약한 바람 앞에 완전히 굴복하기도 한다. 다른 누구 탓도 아닌 내 정신력의 의해 내 삶의 난이도가 달라진다.

결혼식에 도착해 무사히 케이크 커팅을 마치니 두 사람의 중요한 순간에 작은 일부가 되었다는 생각에 오늘 아침의 괴로움을 잊었다. 결혼식은 아무리 많이 가도 손님들 앞에 선 신랑 신부를 보면 언제나 가슴이 벅차오르고 마음이 뜨거워진다. 이 사람 저 사람 많이들 하는 결혼이지만 그걸 지켜보는 것이 지겹지 않은 이유는, 그것이 두 사람에게 얼마나 이상하고 신기한 경험인지 알아서다. 내 편이 생겼다는 자신감도 있지만, '내가 결혼을 하다니!' 너무도 큰 결정을 잘 내린 것일까, 이제 나는 내가 아닌 다른 사람으로 살아가야 하나, 답 없는 질문들로 가득한 순간이다. 살면서 느낄 수 있는 모든 감정의 집대성과도 같은 인생의 중대사를 그것도 수많은 사람들 앞에서 치르는 시간. 넘치는 감정의 홍수 속에 내가 이들의 기억에 남을 조각들 중 하나가 되었다는 것은 굉장히 멋진 일이다. 저들이 수많은 사람들의 시선을 받으며, 숨길 수 없는 표정으로 서서, 내가 만든 케이크로 축하를 하고 있다니 나는 분명 엄청나게 운이 좋은 사람이구나. 마치 내가 결혼하는 둘 사이에 서서 함께 사진 찍는 것 같은 쑥스러운 기분도 물론이고.

잠깐 얼굴만 비추고 와야지 했던 결혼식에서 조금 더 시간을 보냈다. 많은 사람들 사이에 있는 것이 조금은 어려워 나올 때도 도망치듯 나왔지만 집에 돌아오는 택시 안에서 결혼한 커플과 그 앞에 놓여 있던 케이크의 모습이 아른거렸다. 누군가에게 케이크를 주고 오는 것은 마치 나를 한 조각 나눠주고 오는 것만 같다. '가서 잘하고 와!' 등 떠밀고 지켜 봐야 하는 기분.

케이크 하나를 만드는 동안 정말 다양한 기분을 느낀다. 단 하나의 케이크도 노래 흥얼거리듯 쉽게 만들지는 못한다. 그래서 다 만든 케이크를 전달하고 나면, 무거운 외투를 벗은 듯, 개운하고 허전하고 또 쓸쓸하기도 하다. 그 복잡한 기분들이 가장 귀중하게 느껴진다. 보통 그러고 나면 '다음 케이크 부탁은 꼭 거절해야지.' 생각하지만 얼마 못 가 기어코 케이크가 필요한 사람을 찾아내고 만다.

감성적이고 심각한 성격이 때로는 피로감을 준다. 어느

것도 허투루 넘기지 못하는 성격으로, 있는 그대로 모든 감각을 동원해 세상을 느끼는 것은 굉장히 피곤하다.

이제는 익숙하지만 쉬워지는 것도 아니다. 지나치게 좋지도 너무 슬프지도 않은, 언제나 평온한 정신을 유지하며 사는 것이 내 인생의 장기적 목표이자 오랜 바람이다. 하지만 음식점 옆 테이블에서 싸움이 나면 심장이 뛰고, 누군가의 갑작스러운 친절한 말에는 눈물에 나고, 지하철에서 내리기 전 먼저 타려는 사람들과 싸움을 시작하고픈 순간적 충동을 조절하기엔, 타고난 내 본성이 고성능 리트머스지처럼 너무 빠르게 반응한다. 잘 넘어갔으면 잊어버려도 될 힘든 시간들을 굳이 곱씹어가며 한번 더 복습하는 것도 어쩔 수 없다. 하지만 바꿔서 생각해보면, 지치는 와중에도 내가 만들 수 있는 케이크와 쿠키가 있고, 그걸 받아주고 좋아해줄 사람이 있는 한 나는 그런 행복도 더 깊고 유난스럽게 느끼면서 살 수 있지 않나. 어려움은 더 어렵게 느끼고 기쁨은 더 기쁘게 느끼며 나는 더 넓은 감정의 스펙트럼 속에 살아간다. 그것이 내게 주어진 선물이다. 하루에 수십 개씩 만든 케이크가 불특정한 누군가에게 무작위로 팔려 나간다면 이런 불안감, 부담, 기쁜 마음들이 생겨날 수 있을까. 그래서 내가 홈 베이커라는 것이 나는 기쁘다. 부족한 시간을 쪼개어 손잡이가 떨어져나가기 직전의 구질구질한 오븐으로 어렵게 만들어지는

케이크 하나, 쿠키 한 조각은 내 어둡고 뜨거운 감정이
터져나오며 만들어지는 진귀하고 아름다운 돌멩이들 같다.

집에서 하는 베이킹이 멋진 건 '누가 누가 잘하나'에
동참하는 게 아니라, 나의 집에선 모든 케이크가 도전과
성취이고 하나하나의 쿠키가 에피소드이기 때문이다. 비싸고
좋은 오븐을 장만하고, 더 훌륭한 주방 시설을 갖추지 않는
이유다. 부탁을 받은 그날부터 고민을 시작해 고난과 위기를
지나 타협하고 해결하며 완성해서 전달하고 함께 기뻐하는
케이크의 맛. 그 맛은 마치 결혼하는 사람들이 하루 동안
느끼는 셀 수 없이 많은 감정처럼 다채롭다.

다시 불을 지피는 데 어려움이 있었지만 이렇게 베이킹
하는 삶으로 돌아왔다. 뭐든 다시 돌아오는 길이 조금 더
쉽다면 좋겠지만 이렇게 좀 유난스럽고 소란스럽게 에헴! 다시
시작하게 되었다.

내 나름의 우주

홈베이커가 삶을 꾸려가는 법

각자가 자신의 최선이라고 생각하는 모습을 갖추고 살아가기 위해 우리는 매일 같은 노력을 반복하고 있다. 남이 보기엔 평범한 머리일지라도 구체적인 바로 그 모양새를 갖추기 위해 시간을 들여 준비하고 매일 정확히 그 기준에 맞추려고 애쓴다. 그렇다고 머리 모양새가 굉장히 멋진 것도 아니고 세련된 것도 아니지만 어제와 그제의 그 느낌대로 안 되면 그날은 말아먹은 하루다. 내가 정해놓은 기준 안에 들지 못해서 누가 지나가다 머리를 보고 웃지는 않을까 걱정이다. 주변에서 뭐가 다른지 모르겠다고, 정말 이상하지 않다고 몇 번을 말해줘도 당사자는 이 하루가 끝나기만을 기다리고 있다.

일생 동안 너무 많은 감정과 경험을 거쳐 위대하고도 별 볼일 없는 하나의 우주가 만들어진다. 이 우주는 한 사람이 태어난 순간에 만들어져 적막과 고요함 속에 존재하다 어느 순간 내리는 삶의 결정들, 타의에 의한 변화들, 살아가는 환경과 우연 같은 것들로 만들어진다. 그저 평화롭게 살아가기엔 너무 큰 개개인의 우주. 비슷한 껍데기를 가졌지만 각자 가진 세상의 모양 때문에 나는 반드시 가르마를 가운데로 타야 하고, 한 친구는 집을 나설 때 양쪽 주머니의 무게가 같도록 물건을 담아야 마음이 편하다. 이렇게 다르고 유별난 우리가 하나의 약속된 시간 개념과 공간 안에, 비슷한 신념이나 고정관념들을 가지고 하나의 사회 안에 살아간다. 그러니까 문제가 날 수밖에 없다. 같고 싶지만 다를 수밖에 없어서 내 안에서도 분열하는 우주, 그러나 그 소란스러운 한편에는 애틋하게 키워가는 작은 정원이 있다. 좋든 싫든 자신만의 정원이 주어지고 그 안에서 나무와 꽃을 키우건, 그냥 잡초만 무성하게 자라도록 내버려두건 시간 따라 변해간다. 거기서 어떤 수확을 하는지에 따라 우리는 개인적인 우주를 더 광활하게도, 또 안전하고 편안하게도 만들 수 있다.

몇 년째 홈베이킹을 하다보니, 종종 제과제빵을 생업으로 할 생각이 없냐는 질문을 받는다. 손사래를 치며 결사적으로 그럴 마음이 없다고 말한다. 가끔 베이커리를 열어 쿠키와 케이크를 만들어 파는 공상에 빠질 때가 없진 않지만, 이 일이 즐겁고 행복한 이유는 내가 외로운 홈베이커이기 때문이라는 것을 너무도 잘 알고 있다.

'취미'라는 말로 가볍게 읽히지만, 홈베이커로서 내가

만들어 온 우주는 작지만 구체적이다. 혼자 쿠키를 굽고
케이크를 만들며 나름의 순서와 동선을 만들어왔는데, 여러
사람과의 약속을 지키고 내 생계를 걱정해야 하는 환경이
아니니 체계적일 필요가 없다. 내 시간과 환경에 맞도록 억지로
욱여넣기도, 이리저리 쪼개서 담기도 한다. 그래서 구불거리는
오르막내리막을 번갈아 가며, 또 크고 작은 문을 통과한다.
그 동네에 평생 산 사람이 아니면 반드시 길을 잃을, 골목길
가득한 곳이다.

　　혼자 베이킹하면서 나만 이해 가능한 언어를 만들어간다.
한 사람이 쿠키를 만드는 과정을 몸동작까지 아주 자세하게
설명해야 한다면, 베이킹 경험이 있는 사람일지라도 마치 자막
없이 먼 나라의 영화를 보는 것 같지 않을까. 대충 뭘 하려고
하는지, 결말이 대충은 보이는데 그사이에 무슨 일이 일어난
것인지, 영화가 가진 뉘앙스를 전혀 알 수가 없는 기분이라고
해야겠다.

　　다양한 레시피를 접하다보면 반죽을 미는 방식이나
밀가루를 덧칠하는 정도까지도 치밀하게 알려주며 꽤
통제하듯 쓰인 것이 있는가 하면, 기본적인 구급함 하나
던져주고 '무인도에서 생존하기' 방식으로 쓰인 것도 있다.

　　전문적 표현과 애매한 설명으로 가득한 레시피 앞에서
내가 너무 부족한 깃일까. 이게 과연 되기나 할까. 의구심에

케이크를 만들어보기도 전에 맥이 빠진다. 조금씩 나만의 움직임이 만들어지고 방식이 생기면 언뜻 봐도 이 레시피가 내 마음에 들지 안 들지 알 수 있다.

내가 말하는 각자의 우주라는 것이 보이지 않는 정신 세계나 인간의 깊은 내면에 대한 고찰처럼 심오한 개념은 아니다. 자꾸 반복하면서 만들어진 단순한 몸동작과 버릇이 어느새 내 성격의 일부가 되어 내 삶을 형성하게 되고, 생각하지 않아도 나오는 크고 작은 버릇들, 나에게만 자연스러운 순서와 방향 들, 나의 찌질한 성찰까지도 내 우주에 포함된다.

내 '나름의 방식과 노하우' 라고 할 때의 이 '나름'이라는 것이 바로 우리 각자의 특별한 우주를 대변한다. 재료를 준비하는 순서와 동선, 스패튤러로 볼 안의 반죽을 긁어모으는 방식, 롤링핀으로 사블레 반죽을 밀 때의 표정, 레몬 커드가 완성되었다고 판단하는 타이밍 등…. 많은 방식으로 나는 나에게 말을 걸고 또 답을 하기도 하며 혼자 보이지 않는 저글링을 한다. 그 우주 속은 정말 다채롭다. 나 혼자 살고 있지만 심심하지 않고 가만히 있는데도 새로운 문제가 생겨나고 끝까지 모든 걸 혼자 해결해야 한다. 오랫동안 혼자 베이킹을 하다보면, 정말 내가 아니고선 일어나지 않는 그 순간들이 생기는데, 그중에선 남들은 몰랐으면 하는 버릇들도 있다. 보통은 뭘 하더라도 남들이 볼 땐 별 노력 안 들이고 하는 것처럼 타고난 모습을 보여주고 싶은 것이 사람 속마음이 아닌가. 그런데 그런 타고남을 연기하는 것이 우리를 몰래 애쓰게 만든다. 그럴 때면 내 우주의 둘러싼 경계선이 좁혀져오는 것을 느낀다.

남들은 모를 그 비밀스러운 세상을 제쳐두고 매일 같은 시간에 집을 나선다. 직장에 나가 일하는 나와, 내 집으로 돌아와 살아가는 '나'의 사이엔 깊고 가파른 골짜기가 있다. 그곳은 슬픈 흉내와 이상한 기대치, 책임감, 의무감, 통념, 타협 같은 것들로 채워져 있다. 더 깊고 넓고 오래된 골짜기일수록 나와 세상 사이의 이질감도 크다. 매일 반복적으로 그 깊고 가파른 골짜기 사이를 오가야 하는 인생은 더 빨리 지치고 슬퍼지지 않을까.

내 우주 안엔 내 무의식의 순간들이 모여 만들어낸 내가 있고 그 세상 밖에는, 그곳에서 이루고 싶은 나, 어디선가 주운 표본으로 만든 신기루가 있다. 내가 흉내낸 누군가가 어느새 타인들에게는 '나'로 지정되면, 그 기대를 저버리지 않기 위해 만들어낸 '나'와 진짜 '나'의 구역을 넘나들며 지치는 삶을 산다. 텅 빈 우주를 외면하고 오직 남에게 보이는 생활만을 일궈가는 사람의 인생은 자연스러운 자신의 우주로부터 더욱 멀어지고, 삶을 지지해주는 축에서 멀어져 결국 공중에서 방향 없이 날아다니는 공이 되어버리고 만다. 두어 가지의 '나' 사이를 완벽하고 단호하게 켰다 끄며 사는 삶을 이루진 못하더라도, 매일 집에 돌아와 내 우주의 문을 열고 들어가는 것이 나에게는 꼭 필요하다. 나에게 자연스러운 생활을 하고, 내 중심에 가장 가까운 모습들을 가꿔가며, 더 구체적으로 나 자신을 파악하기 위해서다. 스스로 환경을 조성하고 어려움을 마주하며 그것을 해결해 나가는 과정에서 꽤 희귀하거나 때로는 유일한 내 순간들을 얻게 된다. 누가 봐주지 않아도 내가 느끼는 나의 경험들을 통해 나를 더 이해하고, 나아가서는 자신을 대하는 방법을 이해하게 된다. 궁극적으로는 세상을 살아가는 방법을 터득한다.

내가 잘하는 것과 못하는 것들은 베이킹 중에도 나타난다. 기록하고 개선하고 다시 시도하는 실험 정신이 없다는 단점이 있다. 잘하는 게 있다면, 내가 모르는 것에 대해서는 충분히 알아보고 준비하는 것. 레시피를 숙지해 가장 적합한 방식과 재료를 찾고, 철저히 준비하는 버릇은 위기 상황에서 빛을 발한다. 돌발 상황을 자연스럽게 받아들이는 장점은 계획했던 것을 고집스럽게 밀고 나갈 의지가 부족하다는 단점이기도 하다. 조금 마음에 안 든다 한들 달리 지금 와서 고칠 수 없으면 그냥 그대로 케이크 레이어를 쌓고, 파이 크러스트 모양을 변경한다. 계획과 달라도 결과물에 긍정적이고, 그래서 오랜 시간 계획한 것을 완전하게 실행하지 못하기도 한다. 직장 생활에서도 길에서도 베이킹 할 때도, 여러 개의 거울로 연결된 평행 우주처럼 여기저기서 똑같은 나의 모습이 메아리친다.

베이킹을 할 때 어려워지거나 내가 게을러지는 순간들을 견뎌내는 연습을 하면 다른 곳에서도 강해질 수 있을까. 마음이 급하고 귀찮아도 모든 재료를 성의 있게 준비해 배치하고, 실패했으면 과정을 곱씹어보고 곧장 다시 한번 새롭게 시도해보고, 미루지 않고 주변을 정리하고 모든 것을 제자리에 가져다놓다보면, 내가 누군가의 이야기를 들어줄 때 더 생산적이고 사려 깊은 듣는 이가 될 수 있을까. 레시피를 실행에 옮기기 전의 준비성으로 더 알맞은 행동들을 할 수 있을까. 나의 내면인데도 스스로 들여다보기가 어렵다. 내 속을 조금이라도 들여다볼 수 있는 방법은 뭘까. 조용히 혼자 작은 생태계와 순환 구조를 만드는 것은 어떨까. 그 움직임을 규칙적으로 관찰하다보면 나의 어리석음이나 부족함은 물론 나만 가진 초능력과 명민함을 발견할 수도 있을 것 같다. 사람을 친절하게 대하고 조용한 목소리로 말하며, 이 넓은 세상에서 꼭 필요한 작은 알갱이가 되기 위해선, 세상을 날카롭게 관찰하는 것보단 내 우주를 가꾸고 그 안으로 더 깊이 가보는 것이 내 마음엔 더 편할 것 같다. 내 우주 안으로 깊이 들어갈수록 우주가 더 깊게 팽창할 거라는 믿음이 있다.

베이킹이 없다면 나는 과연 어떻게 나 자신을 관찰할 수 있을까. 밖에서도 하는 실수를 안에서도 하는 나를 지켜보면서 내가 범하는 오류들이 단순한 기술적 실수 이상이라는 것을 알지 못했다면, 나마저 나를 이해하지 못해 그냥 또 다른 사람의 삶을 참고해서 살아가겠지.

케이크에 대해 생각하고 새로운 쿠키를 찾아보는 일, 레시피를 공부하고 재료를 구하러 다니는 날들로 내 시간과 공간을 채우고 넓혀가고 있다. 나에게 이 시간들이 없었다면 나는 무엇으로 빈 곳을 채웠을지 궁금하고 또 무섭고 아찔하기도 하다. 가장 쉽고 편안하게 살고자, 사회인이라는 핑계로 원할 땐 게으름을 피우며 하루하루가 그다지 다르지 않은 삶을 살고 있었겠지.

이 세상들 사람 중 집에서 혼자 무언가를 하며 행복해하는 사람들, 대가나 칭찬, 누군가의 인정 따위 제쳐두고, 오늘도 자신에게 재밌는 것을 하고 있는 지금 이 순간, 각자의 집에서, 방에서, 작업실에서 벌어지고 있는 그 수많은 우주들을 생각하니 가슴이 벅차오른다. 자신도 모르게 그 위대한 우주를 팽창시키고 있는 사람들이 있다는 것을 알기에 나는 외롭지 않다.

과거의 내가
새로이 만드는

페퍼민트 초콜릿 케이크

간단하게 쿠키를 만들어보려고 베이킹을 시작했을 때,
레이어 케이크나 파이를 만들 수 있게 될 거라곤 생각하거나
바라지도 않았다. 그냥 파운드케이크 정도까지만 만들 수
있다면 좋겠다 생각했다. 얼떨결에 사와서 올려놓을 곳도
마땅치 않아 바닥에 둔 오븐에 처음으로 구운 것은 초콜릿 칩
쿠키. 오븐 중간랙에 넣으라는 말에 내 오븐이 얼마나 작은
지는 생각도 않고 정말 오븐 중간이라고 생각되는 위치에
넣어 구웠다. 13분이면 다 구워진다는 레시피도 믿을 수
없어서 15분, 17분 마음대로 굽기도 하고, 오븐에 달린 다이얼
타이머만 믿고 딴생각하다 바스러질 정도로 너무 구워져버린
쿠키가 내 첫 베이킹이었다. 거만하고 성급하게, 근거 없는
판단까지 어느 하나 빠지지 않는 전형적인 초보. 한번에
멋지게 되질 않으니 이게 집에서 하는 베이킹의 한계인가,
역시 어디서든 아무나 할 수 있는 것은 아닌가, 소질이 없으면

포기부터 생각하는 오래된 버릇이 튀어나왔다.

　다행히 포기하지 않고 계속해서 이것저것 만들어보며 지금껏 하고 있다. 베이킹을 시작하고 얼마 지나서 쿠키, 타르트, 파운드케이크를 만들 수 있게 되니 파이도 되고 2단 케이크도 가능해졌다. 뭐든 쉬워지니 이젠 집에서 쉽게 누구나 만들 수 있는 것보다는 멋지고 어려운 디저트를 만들고 싶다고 생각했다. 완벽하게 구워진 파테 슈에 세련된 맛의 크림이 채워진 에클레어를 만들고, 화려한 파이핑의 케이크 장식도 해보고 싶어졌다. 이러려고 오븐을 산 게 아닌데, 왜 그렇게 어렵고 화려한 디저트를 만들어내고 싶어 안달이 났었는지 모르겠다.

　투박하게 만든 세트와 독특한 촬영 기법, 최소한의 후반 작업만으로도 아름다운 영화를 만드는 감독 미셸 공드리Michel Gondry는, 어린아이의 홈 비디오 같은 분위기로 진지한 장면을 표현한다. 어설프게 만들어진 장면들은 완벽하게 구현된 진짜 같은 환상의 세계보다 훨씬 섬세하고 조용하게, 우리의 자잘하고 아픈 감정들을 건드린다. '우와! 대단하다, 멋지다'라는 감탄보다는 보고도 말을 잇지 못하도록, 잊고 싶은 기억 속으로 자꾸 돌아가게 만드는 장면들이 그렇다.

　나에겐 완벽한 케이크를 만들 의무나 책임감이 없다. 내 목표는 완벽하게 구워진 쿠키가 아니라, 디저트를 향한 내

사적인 마음과 괴상 망측한 아이디어들로 이야기를 만들고, 그것을 케이크와 크림으로 그리며 사는 것이다. 어차피 완벽한 카늘레를 구울 수 없고, 유명 셰프처럼 반짝이는 타르트도 만들기 어렵다. 그런 것까지 집에서 만들 수 있는 사람이라는 인정을 받으려 할 필요가 없다. 중요한 것은 빠르고 완벽한 케이크 장식이 아니라, 케이크 구석구석 모든 요소에 진심을 담아 준비하고 내 스토리가 잘 전달될 수 있도록 애쓰는 것이다. 내가 홈베이커라서 행복한 것이라는 점도 기억하고.

오랫동안 미술 공부를 했고 대학교에서는 상상 속의 옷도 만들 수 있었지만 그 모든 것들을 완벽하게 하는 것에는 관심이 없었다. 그때는 옷의 실루엣과 디테일이 내가 사용하고 싶었던 표현의 도구였기 때문에 그림을 그리거나 바느질을 했을 뿐이다. 수도 없이 버터크림을 만들어봤던 이유도, 더 자유롭게 이 재료를 다루며 더 다양한 모양을 망설임 없이 표현하는 능력을 기르고 상상 속의 케이크를 만들기 위해서였다.

새해를 맞이하며, 변치 않는 홈베이킹을 위한 다짐 첫번째, 모두의 베이커 말고, 나 자신의 홈베이커가 되기로 했다. 내 여정의 주인공은 나뿐이니, 그 안에서 하는 베이킹도 다른 사람의 것을 따를 필요 없다. 내가 이해시켜야 하는 사람은 나뿐. 신기한 실리콘 몰드나, 프랑스산 타르트 링 같은 전문가

도구에 홀려 이것도 사볼까 저걸 만들어볼까 하며 장바구니를 채운다. 그러나 이렇게 용도가 제한적인 작은 도구 하나하나가 모여 크지도 않은 집의 작업 공간을 야금야금 채워가는 것이 좋은 방향은 아니라고 나를 붙잡는다. 기본 케이크 팬 몇 개, 쿠키 시트 두어 개만으로도 할 수 있는 홈베이킹이 무궁무진한데 휘황찬란한 기술과 도구에 현혹되어 내 처지를 탓할 이유는 없다. 부족한 환경과 고난 속에서 미셸 공드리 영화 속 장면 같은 디저트를 만드는 것은 홈베이커의 권리이자 특권이다. 내다 팔기엔 조금 부족하고 엉성한 케이크를 선물하고, 또 모르는 사람들과도 맛있는 쿠키를 나누는 것이 내 베이킹의 새로운 시작이 될 것 같다. 원래 하던 대로 하겠다는 것과 같은 소리지만 초심으로 돌아가는 것이 쉬운 일은 아니니까 그 정도면 꽤 야심 찬 계획이 아닐까 싶다. 내 작은 오븐보다 커져버린 나의 홈베이커 에너지를 진정시키고, 아무도 무엇을 이루라고 채찍질하고 있지 않다는 것을 항상 기억하고, 아무도 보지 못하는 방에서 마음껏 케이크를 구워야지.

작은 것이라도 제대로 이해하기 위해서는 상당히 자주 그것에 대해 생각해야 하고, 또 여러 번 경험해야 그게 나에게 자연스러워진다. 아무리 많이 해봤던 것이라도 익숙하지 않고 해도 해도 처음 하는 느낌이 든다. 준비해놓은 쿠키 도우를

소분해 베이킹 시트에 올릴 때, 혹시라도 이번엔 오븐 안에서
퍼지며 서로 들러붙을까 걱정되어 널찍한 간격으로 굽는다.
그러면 소량씩 여러 번 구워야 해서 효율성이 떨어진다.
막상 구우면 전혀 그럴 위험이 없다. 그걸 알면서도 내 감이
못미덥고, 이상하게 오늘은 그러면 안 될 것 같다는 생각이
드는데 한편으로는 그게 다행스럽다고 생각한다. 자주
하는 일도 어색하고 항상 모든 것이 새롭고 신기해서 내
손과 동작에는 늘 긴장감이 머문다. 이제는 아는 게 너무
많아져버린 어른이 그리워하는 그 기분, 작은 나비의 움직임에
황홀해하고 무지개에 감탄하는 아이들의 스스럼 없는 호기심,
잠들기 전 침대 아래 괴물에 대한 두려움이 나에게도 남아
있기를 바란다.

자주 만들어본 쿠키가 문득 낯설고, 수십 번도 만들어본
파운드의 모양이 매번 다르고, 케이크 크기에 일관성이 없으면
어떤가. 나는 케이크 만드는 기계가 아니고 우리 집은 공장이
아닌데. 무언가를 처음으로 경험했던 그때의 기분과 감상만큼
구체적이고 재미있는 것은 없는 것 같다. 나의 두번째 다짐,
지금처럼 매번 새로운 기분으로 케이크를 장식하고 쿠키를
굽기로. 수없이 다녔을 길과 매일 보는 자기 집을 마치 처음
온 곳인 냥 조심스레 관찰하고 행동하는 고양이의 마음으로
살아가면 좋겠다. 많은 순간늘을 그렇게 보낼 수 있다면 삶은

매일 너무나 새롭겠지.

    종종 또 어떤 걸 만들어볼까 생각하다가 이건 너무
간단하고 저건 너무 복잡하고, 지난번에 생각해놓은 건 뭔가
재미없을 것만 같고 이렇게 시간만 보내곤 한다. 영화를 보려다
넷플릭스 첫 화면만 1시간쯤 구경하고 끝나는 상황이 베이킹을
하다가도 벌어진다는 소리다. 시간 날 때마다 스케치해놓는
케이크들은 대부분이 스케치로만 남아 있다. 막상 케이크를
만들 기회가 오면 아이디어랍시고 스케치해놓았던 기발한
모양의 케이크가 재미없어 보이고, 그런 그림들이 늘어나
여러 장의 무의미한 스케치로 쌓여간다. 그러면 만들고 싶은
케이크는 점점 더 줄어든다. 그래서 또 한 가지 다짐, 케이크는
하루의 마지막에 쓰는 일기처럼, 그날 든 생생한 생각들과
즉각적인 감각들로 가득한 케이크를 만들겠다. 내가 이
세상 안에서 느끼는 수많은 기분들이 달아나기 전에 그것을
기록하고 케이크로 만들어 또 다른 감각으로 그 감정을 다시
느끼고 나면, 시간이 지나도 내 기억들이 그렇게 케이크로
만들어져 남겨지겠지. 그렇게 내 생각들을 퍼내어 표현하고
나면 또 새로운 감정들을 받아들일 수 있고, 그렇게 무한한
감정을 담을 수 있는 사람이 되겠지.

    그런 의미에서 1년 넘게 만들어보자 생각만 했던 페퍼민트
케이크를 만들어보기로 했다. 우선 케이크 시트는 유난히

진하고 깊은 색의 초콜릿 케이크라 기대된다. 가나슈에 필요한 생 페퍼민트 허브는 흔하지 않지만 조금만 노력하면 구할 수 있다. 페퍼민트를 조심스럽게 씻어 물기를 제거한 뒤 굵은 줄기는 떼어내는데 그러고 나면 양이 많이 줄어드는 느낌이다. 다음엔 참고해서 준비해야 할 것 같다. 물기를 뺀 민트의 향이 더 강하게 우러날 수 있도록 한번 가볍게 짓이겨 크림에 넣어 조금 끓인 후 식히면서 그대로 조금 더 우러나게 한다. 건더기는 버리고 다시 한번 데운 민트 크림을 화이트 초콜릿에 부어 가나슈를 만들었다. 되기가 생기도록 2시간 정도 완전히 식힌 다음 믹서에서 휘핑하면 두번째 재료 준비 끝. 버터크림에도 민트향을 더하고 특별히 바닐라빈도 긁어 넣는다. 다시 한번 가볍게 휘핑한 가나슈를 번갈아 샌딩해 버터크림을 얹고 마지막으론 스파클링 슈거로 간단한 장식도 했다. 시간과 노력을 들여 생소한 재료를 찾고, 케이크에 들어갈 요소 하나하나를 만들고, 몇 시간 냉장하고 장식해 완성하는 일련의 과정을 거치고 나니 마음도 리셋 되는 기분이 들었다.

  완성해놓고 보면 번거로운 단계들이 무색할 정도로 단순한 모양새지만 이 케이크가 담고 있는 미스터리를 굳이 소란스러운 장식으로 소문 낼 필요가 없는 것 같다. 두껍게 눈이 내린 뒤 햇빛을 받은 결정들이 앞다투어 반짝거리는 모습을 담은 하얀 케이크를 한 조각 자르면 민트 가나슈 레이어가 포개진 진한 초콜릿 케이크가 나온다. 어둡고도 깊은 숲에서 달빛을 받아 빛나는 차가운 눈을 만지는 기분. 신선한 생 페퍼민트의 향이 만들어내는 생생한 맛이 초콜릿 케이크와 버터크림을 만나 이루는 조화는 말로 표현하기 어렵다. 그 어느 하나 쉽게 만든 케이크 시트나 부재료 없이, 모든 요소가 주인공이라는 생각으로 만든 페퍼민트 초콜릿 케이크. 그 동안 쉽게 만들고 기억에서 없어진 수많은 바닐라 케이크들에 비교한다면, 비슷비슷한 야생마들 사이에서 빛나는 유니콘이다.

체중을 감량하거나 학업을 포기하지 않는 것, 이런 일들을 해내는 사람들이 대단하다고 하는 것은 이것이 실로 얼마나 어려운지를 알기 때문이다. 또 절박하지 않은 일에 대한 사람의 의지라는 것은 꽤 약해서, 정말로 큰일날 일이 아니면 자신과의 약속을 지키는 것이 쉽지 않다. 새해가 된다고 해서 우리에게 새것 같은 기회가 주어지는 것이 아니다. 기회라는 것은, 귀찮아도 해야만 하는 일들을 기억하고 그걸 미루지 않고 또 반복해서 하는 순간마다, 끝마치고 내일을 기약하는 그 매일 매시간 생겨난다. 그래서 새해 첫날의 다짐이 7월 5일에 하는 다짐보다 더 가치 있거나 중요하지 않다. 오늘 다짐하고 하루를 살고, 내일 다짐하고 또 하루, 그렇게 이튿날도 다짐하며,

매일매일 다짐해보는 것이, 끝이 보이는 목표를 향해 가는 것보다 중요하지 않을까. 그저 영원히 해나가는 것이 답인 것 같다. 3개월간 꾸준하게 뭘 한다고 생각하면 그 3개월은 영겁처럼 느껴질 것이고 그저 매일 숨 쉬듯 한다고 생각하면, 잊고 있던 사이 나는 내가 그리던 그것에 더 가까워지겠지. 내가 시간을 흘려보내며 나도 모르게 변해가듯, 그 흐르는 시간 안에 작은 물결을 만들다보면 고통스러운 절박감이나 속박 없이 어느새 나는 내가 원하는 모습이 되거나 내가 좋아하는 지금의 나로 살아갈 수 있을 테고.

새해에 바라는 것이 있다면 골치가 아파도 더 절박한 마음으로 새로움을 고민하고, 더 강하게 느끼고 원하고 바라는 사람이 되는 것. 목표 없이 원하는 대로 쿠키와 케이크를 만들고, 한층 더 목표 없는 베이킹을 하고 싶다. 언제 어디를 가든 한 손에는 오늘 아침에 구운 파이를 들고 나타나는 사람이 되고 싶다. 베이킹 많이 하는 그 사람, 그 언니, 그 친구로서의 나를 더 단단하게 만들고 싶다.

1년이 넘게 걸려 만든 새롭고 어른스러운 맛과 영롱한 모습의 페퍼민트 초콜릿 케이크는, 새해를 시작하며 처음 베이킹을 하던 내 모습을 기억하기 위해 더할 나위 없이 좋은 케이크였다.

홈베이킹 생활의
메트로놈

파운드케이크

베이킹을 시작하고 처음으로 만든 것은 초콜릿 칩 쿠키였고,
그게 가능해지고 나서는 바로 파운드케이크를 만들었다. 쿠키,
머핀, 스콘, 컵케이크, 브라우니… 하나씩 만들 때마다 길고
긴 리스트에서 체크해가는 재미가 있어 갈 길은 멀었지만
즐거운 나날이었다.

처음에는 블루베리 머핀이나 바나나 브레드를 자주
만들었는데, 지난 2년 정도 그것들을 만들기는커녕 생각지도
않고 지내왔다. 자신감이 생기고 나서는 멋들어진 앙트르메나
놀라운 모양의 케이크를 만들어 사람들을 놀라게 하고 싶어서,
머핀처럼 흔하고 평범한 베이킹을 하는 것이 시간 낭비
같았다. 성격이 급해 구성이 복잡한 디저트는 부담스럽지만,
믹서도 필요 없는 쉬운 베이킹은 멋없어 보였다. 이리저리
왔다 갔다 하는 관심사와 취향에 이리저리 방황하며 몇 년째
베이킹을 해왔지만, 그 와중에도 잊지 않고 항상 만들어온

것은 파운드케이크였다. 구체적으로는 크림치즈가 들어간 파운드케이크인데, 누구도 이 파운드케이크를 먹고 좋아하지 않았던 적이 없었다.

레시피 속 표현들이 생경하고 재료를 준비하는 것에도 긴장하던 때가 있었다. 지시를 이해하기 어려울 때면 내가 잘 몰라서 그러려니 했고, 또 그런 만큼 아무리 좋은 레시피라도 못미더웠다. 쿠키를 만드는 것은 비교적 간단했지만 파운드케이크에선 처음으로 베이킹의 과학이라는 것을 경험했다. 버터와 설탕이 '가볍고 보송보송light and fluffy' 한 질감이 될 때까지 5분 이상 섞으라니 도대체 왜 이걸 그렇게 오래 섞어야 하고, '가볍고 보송보송'한 질감은 도대체 어떤 모습이지? 또 마른 밀가루가 거의 다 섞였을 때까지만 섞으라는 말은, 다 섞지 말라는 말인가. 케이크 테스터로 찔러보아 아무것도 묻어나오지 않거나 부스러기 몇 개 붙은 정도라면 대체 부스러기 몇 개를 말하는 것인지. 누구나 보고 이해할 수 있는 레시피를 써야지 이렇게 애매하고 위화감 느껴지는, 독자 스스로를 바보처럼 느껴지게 쓰면 도대체 초보자는 어떻게 과자를 굽고 케이크를 만든단 말인가. 아무튼 해본다. 무슨 이유에서인지 이걸 만들어볼 기회는 단 한 번뿐인 것 같고 망하면 끝일 것 같아 긴장된다. 뭐 다시 도전할 수도 있겠지만 막상 재료 준비를 해보니 여러 번 하기엔 너무 어려운 일 같다.

들어보니 베이킹은 재료를 정확하게 계량해야 하고 재료 간의 화학 반응도 그렇고 상당히 과학적인 요소들이 있다던데 밀가루 한 컵을 이렇게 재는 게 맞는 걸까. 꾹 눌러 담는 건지, 아님 대강 퍼서 윗면만 평평히 하면 되는지. 재료들이 다 실온이어야 한다고 하니 일단 버터를 꺼내놓기는 했는데 도대체 언제쯤 그 온도가 되는 것인지, 실온이라면 겨울과 여름이 다르고 사는 곳마다 다를 텐데 어디에 맞춰야 할까. 만져서 찬 기분이 안 들면 실온이 된 건가. 일단 기다려보겠다. 기다리면서 밀가루, 설탕 등 다른 것들 계량해놓으면 되려나. 이렇게 많은 설탕이 들어간다니 충격이다. 먼저 실온 상태의 버터와 설탕을 넣고 섞기 시작한다. 가벼운 질감이 되도록 섞으라고 하는데, 이 버터가 도대체 어떻게 가벼워진다는 것일까. 중 고속이면 어느 속도라는 것이지? 섞다보니 신기하게 버터 색이 밝아지고 고체 상태의 기름이라기보단 풍성하고 가벼운 설탕 반죽 같은 형태로 바뀌었다. 휘핑되어 보이는 느낌이다. 언뜻 보이는 노란 버터는 무시해도 될까. 그런데 느낌상 아무리 그래도 뭐든 너무 과하게 하면 망쳐버릴 것 같은데 어느 정도가 적당한 것인지 잘 모르겠다. 달걀을 냉장고에서 미리 꺼내지 않아 서둘러 차가운 달걀을 뜨거운 물에 담가놓고 설탕과 버터를 마저 섞었다. 아직 찬기가 남은 달걀을 깨서 하나씩 차례로 넣는다. 어차피 다 들어갈 달걀인데 하나씩 차례로 섞으라는 것은 왜일까. 달걀까지 다 넣고 섞는데 뭔가 이상하다. 달걀이 부글부글 겉도는 이 느낌이 이상하다. 분명 처음 해보는 것이라 이런 광경도 처음이지만 뭔가 잘못되어가고 있다는 불안감이 든다. 라면에 풀어놓은 달걀처럼 보글보글 올라온 이것을 더 섞어도 될지, 아니면 지금이라도 멈춰야 하는지 급한 마음에 인터넷을 뒤지다 보이는 '그냥 계속 더 섞어보라'는 조언이 가장 마음에 들어 그렇게 해보기로 한다. 뭔가 해결이 되는 것 같으니 다음 순서는 바닐라 익스트랙트. 이번에 선물 받은 계량 스푼이 요긴하게 쓰이네. 아무 생각 없이 사긴 했지만 바닐라는 고작 이만큼에 그 가격이라니, 이게 정말 적은 양으로도 케이크를 더 맛있게 만들어줘서 그런 건지 너무 비싸니까 이렇게 조금 넣으라는 건지 궁금하다. 마지막으로 밀가루를 넣으라고 해서 넣었는데 재료 사용하는 순서가 내 예상과 너무 다르다. 그래서 어떻게 반죽은 다 만들었는데 생각보다 너무 묽어 뵈는데 이걸 어쩐담. 이게 구워지기는 하는 걸까. 나중에 굽고 나니 떡이 되어 있는 것은 아닐지.

팬에 기름칠을 해야 하는구나, 유산지도 깔아야 하고, 그러고선 또 기름칠을 하라니. 이렇게 귀찮은 과정을 베이커리에서도 매일 반복하나. 준비한 파운드 틀에 반죽을 담는데 어느 정도 채워야 하는지 잘 모르겠다. 레시피 초반에 팬 크기에 대한 설명이 있었던 것도 같고 알맞은 크기의 팬이 맞는 것도 같아서 일단 반죽을 담고 오븐에 넣는다. 미리 예열을 해놓은 것이 뿌듯하다. 재능이 있는 걸까. 뜨거운 오븐에 팬을 넣고 50분, 생각보다 오래 걸리는데 그 시간 동안 오븐 주변을 떠나기가 어렵다. 5초에 한 번씩 들여다보는데 반죽이 변하는 것도 같고 아까와 비슷한 것도 같아서 신기하기도 답답하기도 하다. 자꾸 오븐 문을 열어보고 싶다. 느릿느릿 밥 먹는 거북이를 구경하는 고양이의 기분이 이럴까. 한 30분이 지나고 보니 어느새 윗면이 제법 올라와 갈색이 되어간다. 이제부턴 정말이지 마라톤의 마지막 순간을 보는 기분이다 싶었는데 갑자기 가운데가 쩍 갈라지고 덜 익은 반죽이 드러난다. 이게 괜찮은 건가. 사라 리 파운드케이크는 저렇게 갈라지지 않았고, 윗면이 무늬 없이 고운 갈색이었는데. 점차 그 갈라진 부분이 커지고 윗면이 아주 봉긋하게 부풀어 오르는데 이제는 돌이킬 수 없는 때가 된 것 같아 일단 지켜보기로 한다. 타이머의 알람이 울리면 허둥지둥 오븐 문을 열고, 구움 정도를 체크하기 위해 테스터를 들고 와 가운데를 푹 찔러본다. 윗면이 잘 익다 못해 약간 탄 것도 같지만 축축한 반죽이 묻어나오는 걸 보니 이건 정말 모르는 내가 봐도 덜 구워진 게 맞는다. 겉이 이렇게 진해졌는데 괜찮을까. 한 2분만 더 구우면 되나 싶어 좀 더 굽다 다시 한번 찔러보는데도 역시 덜 익었다. 완성되어가는 파운드케이크도 마음껏 즐기지 못하고 그렇게 테스트만 몇 번을 반복하고 나니 드디어 속까지 익은 것 같고, 더 이상 지체하기도 싫어 오븐을 끄고 꺼내기로 한다. 한 김 식히라고 했으니 마음은 급하지만 이유가 있으려니 해서 어느 정도 식기를 기다렸다가, 팬 안쪽과 케이크 사이를 버터 나이프로 살살 긁어 분리하고 조심스럽게 팬을 뒤집었는데, 쑥 빠질 것 같던 파운드케이크가 잘 빠져나오지 않는다. 뒤집은 채로 좌우로 흔들어보기도 하고 바닥을 퉁퉁 쳐보기도 하다보니 갑자기 케이크가 빠져나온다. 다 들러붙어 엉망이 될 줄 알았는데 신기하다. 다 식고 자르라니, 원래 갓 나온 따뜻한 빵과 과자가 맛있는 것 아니었나. 다 식은 파운드케이크를 잘라 속을 볼 때 어떤 부분을 체크해야 하는 것인지도 잘 모르겠다. 탄 것 같지는 않고 정말 충분이 갈색이 되었는데 속이 안 익었을 수도 있나. 구멍이 숭숭 나 있을까. 뭘 걱정해야 하는지도 모르겠다.

정말 지루한 기다림 끝에 마지막 온기까지 사라진 파운드케이크를 도마에 올려놓고, 가장 봉긋하게 솟은 부분을 힘주어 썰어본다. 빛을 뿜어내듯 완벽한 파운드케이크 속이 나타난다. 베이커리에서만 보던 것이 집에서 만들어지는 것을 보는 것. 이게 홈베이킹의 마법이구나. 이런 맛이 나는 것을 내가 만들었다니! 처음 만든 파운드케이크에 홀려 이리저리 바라보고 맛보며 정신을 차려보니 산더미같이 쌓인 설거지와 여기저기 재료로 지저분해진 테이블과 바닥이 보인다. 첫 파운드케이크를 무사히 만든 기쁨에 취하다 말고 정신없이 부엌을 정리한다. 분명 재료는 몇 개 없었는데 왜 이렇게 많은 볼과 도구를 사용한 것인지 모르겠다. 싱크와 건조대도 자리가 없을 정도로 가득 차서 막막하다. 다음부턴 필요한 볼만 미리 꺼내놓고 써야지 매번 이럴 수는 없을 것 같다. 접시와 볼을 다 씻고 정리까지 다했는데 스탠드 믹서볼과 플랫 비터(납작한 믹싱 비터)를 깜빡했다. 파운드 틀도.

주말 아침, 냉장고에 남은 크림치즈도 있겠다, 오늘은 마음 편하게 파운드케이크를 하나 만들어야겠다. 기왕에 하는 것 두 배합을 해서 여기저기 나눠줘야겠다. 볼일을 보고 와서 오후에 만들면 될 테니 일단 냉장고에서 크림치즈, 버터, 달걀 정도를 꺼내놓고 다녀오면 되겠다. 계량에 편리한 볼을 필요한 만큼만 꺼내고 전자 저울도 올려놓는다. 파운드 틀은 언제나 있던 자리에 있는 것을 확인했다.

외출에서 돌아오니 적당히 부드러워진 버터와 크림치즈를 믹서볼에 담고 중속의 믹서로 5분 이상 충분히 섞어준다. 그사이엔 설탕과 밀가루를 계량하고 바닐라 익스트랙트도 꺼낸다. 아무래도 버터가 크림치즈보다 약간 찬기가

있었나보다, 3분 정도 더 여유 있게 섞어주고 계량해놓은 설탕을 넣고 이어 섞는다. 물론 육안으로 보이는 상태에 따라 섞는 시간을 정하겠지만 혹시나 싶어 지금 시간을 체크한다. 2시 12분이니까 최소 18분까지 섞고 상태를 보고 조금 더 해야겠다. 재료를 섞는 동안 계량하면서 쓴 볼들을 챙겨 설거지하고 주변을 정리한다. 제때 해놓지 않으면 갑작스럽게 필요한 도구를 찾기가 어렵고 베이킹 후 지친 상태로 더 많은 설거지를 해결해야 하기 때문에 중간중간 번거로워도 정리해주는 것이 나중에 편하고 또 이제는 그게 자연스럽다. 설거지하는 속도도 빨라져서 정리도 순식간이다.

버터와 설탕을 한번 제대로 크리밍 해보자는 것이 오늘의 다짐. 레시피가 시키는 것 이상으로 크리밍을 하면 케이크의 질감도 더 좋아지나. 가능한 한 더 오래 할수록 좋은 것일까. 다음엔 달걀을 넣어 섞고 바닐라를 더한다. 한때는 참 바닐라빈 값이 무서운 줄 모르고 파운드케이크 만들 때마다 좋은 걸 넣으며 좋아하곤 했는데, 그게 없어도 맛있는 파운드를 만들 수 있으니까 굳이 비싼 재료를 써야 하나 생각한다. 바닐라빈 값이 치솟으니 요즘은 레시피에서도 바닐라빈 쓰라는 이야기를 잘 안 한다. 뭐든 최고치의 재료로만 만들거나 레시피에서 알려준 재료 그대로 하느라 몇 주씩 재료만 기다린 적도 있었지만 이제는 그런 강박에서 벗어났다. 베이킹은 활동 자체의 즐거움이 우선이기에 최고의 바닐라빈, 최고급 초콜릿을 사용하지 않아도 충분하기 때문이다. 달걀도 하나씩 넣고 섞은 다음은 밀가루 차례인데, 밀가루가 들어간 순간부터는 너무 오래 섞지 않도록 주의해야 한다. 안 그러면 글루텐 성분이 강해져 부드러운 식감에 영향을 준다. 그래서 케이크나 쿠키에 반죽에 밀가루를 섞을 땐 뭔가 부족하다 싶으면 믹서를 멈추고 섞이지 않은 남은 가루는 스패튤러로 직접 섞는 게 좋다.

역시 이번에도 파운드 틀에 기름칠을 안 해놓았네. 사실은 틀을 꺼내 놓지도 않았다. 해도 해도 귀찮은 게 기름칠. 그나마 요즘은 버터와 유산지를 번갈아 준비하는 방식은 생략하고 빠르게 버터와 밀가루만 사용하는데 그게 확실히 쉽고 편하다. 종이 포일 같은 소모품 사용을 조금이라도 줄일 수 있다. 얼른 틀을 준비해 반죽을 담고 오븐에 넣은 다음에 타이머에 30분을 입력한다. 기본적으로 1시간을 구워야 하지만 30분째에 해야 할 일이 있다. 1시간 이상 속까지 익도록 오래 굽는 케이크이기 때문에 가운데까지 잘 익기 전에 윗면이 과하게 구워질 수 있다. 그래서 어느정도 보기 좋은 색이 나왔을 때 포일로 덮어 열 전도율을 낮추는 것이다. 포일을 덮으며 확인했을 때, 크리밍을 오래 해서 그런지 정말 드라마틱하게 케이크가 솟아올랐다. 크리밍으로 공기 층을

만들어주어서 질감을 가볍게 만드는 것이기 때문에 일단
그 공기층이 가열되어 부풀어 오르고 이렇게 큰 봉우리가
생겨난다. 확실히 5분 크리밍한 케이크와는 좀 다르다. 다시
타이머에 20분 정도를 입력해 굽다가 익은 정도를 체크하면서
필요한 만큼 더 굽는다. 거의 다 구워진 케이크에 아까 생겼던
멋진 봉우리는 조금 가라앉았다. 쿠키도 그렇고 보통 이렇게
한숨 죽는다. 이제 케이크 테스터에 반죽이나 부스러기가
묻어나오지 않으면 다 익었다고 볼 수는 있겠다. 오븐 장갑을
끼고 틀 채로 꺼내어 식힘망에 올리고 주변 정리를 시작한다.
　정말 자주 파운드케이크를 만들고 베이킹을 하지만 막
나온 케이크를 볼 때면 언제나 감탄이 나온다. 그리고 내 삶에
대해 애정을 느낀다. 정말 멋진 내 삶. 이젠 정말 낡아버린
내 오븐으로 베이킹하는 이 삶. 정리를 마치고 한 김 식은
파운드케이크를 틀에서 꺼내어 마저 식힌다. 틀에서 꺼낸
자르지 않은 파운드케이크는 어떤 면에서 참 볼품없다. 벽돌
같기도 하고 누가 던져놓은 붉은 찰흙 덩어리 같기도 하고.
마저 식힌 뒤 잘 싸서 하룻밤 정도 숙성하는데 사실은 숙성의
여부가 큰 차이를 만드는지 모르겠다. 하지만 어디서 들은
것이라 혹시나 해서 숙성하는 편.
　이튿날, 잊고 있던 냉장고 속 파운드케이크를 꺼낸다.
예전엔 빵칼로 케이크를 썰어야 하는 줄 알았는데, 식칼로

잘라도 되는 것을 알고 나서는 빵칼은 정말 빵 자를 때
아니면 잘 안 꺼내게 된다. 그냥 두면 그저 못난 벽돌 같은
이 파운드케이크는 역시 잘라줘야 빛이 난다. 아무 곳이나
숭덩 자르면 황금빛 단면이 먹구름을 가르는 햇살처럼 쏟아져
나온다. 그럴 때마다, 설탕과 버터가 만나 변화하고 밀가루를
더해 반죽이 완성되어 거기에 열을 가하면 케이크가 되는
이 원리와 순간, 이 과정들이 경이롭고 멋지다. 크림치즈가
파운드케이크에 무슨 맛을 내는지 잘 몰랐는데 여러 번
만들어보니 이제야 느껴진다. 이 케이크에는 무작정 달고 진한
케이크에는 없는 은은한 산도가 있는데, 그것이 모든 것을
달라지게 하는 것 같다. 레몬 디저트처럼 신맛이 앞장서는 게
아니라, 바닐라 향과 단맛이 문을 열어주고 부드러운 감촉이
안내를 해주면, 마지막 배웅은 크림치즈 맛이 대신하는 그런
이상한 꿈 같은 이야기다. 몇 년째 파운드케이크를 만들면서도
크림치즈가 주는 차이를 이제야 느끼다니 확실히 나는 정말
느린 학생이다.

이 케이크가 나에게 주는 만족감과, 집 앞 빵집에서
파운드케이크를 사 먹고 실망하는 감정의 간극이 아득하게
넓다. 수차례 파운드케이크를 만들 때마다 넓혀온 그 간극
속에 담긴 셀 수 없는 감정들에 대해 생각해본다. 처음
내가 베이킹을 하며 느꼈던 새로움과 낯섦, 지금의 내가

베이킹을 하며 느끼는 불안감과 자신감, 그 두 가지 사이의 존재했을 다양한 단계와 종류의 감정이 지금은 잘 느껴지지 않아 아쉽다. 하지만 지금껏 변하지 않은 게 있다면, 다양한 실패와 성공이 있었던 베이킹 생활 속에서 만들어온 이 파운드케이크. 새로운 파이와 다양한 쿠키를 만드는 와중에도 파운드케이크는 절대적인 기준처럼 항상 여기 있었다. 하나의 쿠키도 여러 번 만들다보면 어느새 이런 저런 변주를 해보는데 어쩔 땐 긴장을 늦추고 있다 박자를 놓치는 일이 많다.

종종 쉼표를 찍으려고 만드는 파운드케이크는, 혼란스러운 시간 안에서 규칙적인 메트로놈같이 내 속도가 어디쯤인지 알려주고, 나의 경험치와 숙련도는 어느 수준인지, 내가 내 베이킹 삶에서 어디쯤에 있는지 알려주기도 한다. 2년 전 만든 파운드케이크와 1년 전 만든 것, 지난주에 만든 것 모두 속도와 노련함이 다를 테고, 내가 거기서 느낀 새로움과 익숙함 또한 많이 달랐을 텐데. 앞으로도 언제나처럼 파운드케이크를 구울 때면, 매번 다르게 느껴진 그 감정의 페이지에 책갈피를 끼우는 것을 잊지 않기로 했다.

개인적인 한입

블루베리 머핀

머핀하면 블루베리 머핀. 생각하려고 해도 다른 머핀이 떠오르지 않는다. 머핀은 간편한 아침식사의 한 종류로 알려져 있지만 설탕과 버터 또는 오일, 밀가루, 달걀, 거기에 팽창제를 더해 만들어지는 퀵 브레드 부류, 즉 케이크에 더 가까운 제품이다. 파운드케이크나 일반적인 케이크보다는 크럼이 가벼운 편이지만 대략적으로는 부드러운 케이크 축에 속한다고 생각하면 된다. 그런데 문득 머핀에 블루베리를 넣었다는 것이 괴상하다는 생각이 들었다. 상당히 단맛이 강한 케이크 반죽에 산도가 있는 과일을 넣을 생각을 하다니 신기한 발상이다. 아마도 아침식사 대체품으로 만들기 위해 비교적 건강하고 신선한 재료를 넣어보고자 하는 시도에서 블루베리를 떠올린 것은 아닐까. 이미 건강에 이롭지 않은 음식에 건강해 보이는 재료를 첨가해 '건강한 맛', '건강을 생각한'이라는 표현으로 광고하는 제품과 그걸 알면서도 거기에 속아 넘어가는

사람들이 떠오른다. 이미 설탕 그득한 요거트에 견과류를 얹고 '건강한 아침식사'라는 부연설명을 붙여 주말 브런치 기분을 내보는 모습들도.

머핀의 대표주자 블루베리 머핀은 재료와 방법 면에서 비교적 단순한 베이킹 제품이지만 레시피가 매우 다양하다. 처음 베이킹을 시작했을 때, 일상적이고 흔한 것들을 만들고 싶어서 우선적으로 해본 몇 가지 중 하나가 블루베리 머핀이었다. 자주 만들었던 것은 황설탕과 사워크림을 사용해 만든 머핀이었는데 이 레시피의 특별한 점은 굽기 직전 얹는 크럼블, 또는 스트루셀 토핑이 있다는 점이다. 처음 만들어 보고선 그게 맛있어서 그 이후로 자주 만들었고 달리 새로운 레시피를 찾아보지도 않았다. 그렇게 열심히 만들다가 화려한 케이크나 독특한 쿠키를 만드느라 까맣게 잊고 지냈다. 그러다 최근, 예전만큼 자주 만들지 않게 된 디저트들에 대해 생각하다 블루베리 머핀을 다시 구워 봐야겠다는 마음이 들었다. 스킬이 좀 생기고 나니 어렵고 생소한 것들만 만들고 싶어서 이렇게 소박하고 일상적인 것은 그동안 생각하지 않았는지도 모르겠다. 머핀을 안 만들어본 지 2년은 됐으려나, 반죽의 되기가 어땠는지, 블루베리를 얼마나 넣어야 적당했었는지도 모르겠다. 재료를 섞으며 반죽이 이렇게 되직했나 싶다. 그동안 케이크나 파운드케이크 반죽만 만들어서 그런가. 기억나는 것 딱 하나, 레시피 그대로 만들면 블루베리가 너무 많다는 것이다. 또 경험 때문에 분명히 아는 것은 머핀은 크기가 작아 파운드케이크와는 다르게 굽는 시간이 짧다는 것이다. 그리고 블루베리가 바닥으로 너무 가라앉지 않게 하려면 반죽에 담기 전에 블루베리에 밀가루를 뿌려 적당히 코팅하는 방법이 있다는 것 정도다.

자세한 방법은 이렇다. 팬에 머핀 종이를 깔고 반 정도만 차도록 반죽을 담고, 밀가루 입힌 블루베리 몇 개를 담는다. 반죽에 섞어 넣는 느낌보다는 가볍게 얹어주는 정도. 반죽에 블루베리를 미리 넣으면 블루베리가 섞여 뭉개진다. 그렇게 그대로 구우면 블루베리 식감이 사라지고 반죽 색깔도 탁해진다. 블루베리가 으깨져 반죽 안에 마블링 된다고 보면 되는데 반죽에 블루베리 잼 같은 리본이 생기는게 싫지 않다면 그것도 나쁠 건 없다. 담은 블루베리 위에 한 번 더 반죽을 얹고 블루베리 몇개를 더 올린 다음 그 위를 스트루셀 토핑으로 덮는다. 이렇게 층을 쌓듯 반죽과 블루베리를 담으면 그냥 섞어 담을 때처럼 블루베리가 바닥으로 가라앉거나 한군데로 몰리는 것을 방지할 수 있다. 나름 연출된 무작위의 느낌이라고 할까.

스트루셀로 위를 덮으면 블루베리가 안 보이니 몇 개를 따로 분리해뒀다가 마지막에 장식하듯 콕콕 얹어주면 보기

좋은 머핀을 만들 수 있다. 머핀 굽는 시간은 쿠키처럼 짧아서 시간이 많지 않거나 피곤한 날, 그래도 뭐 하나 만들고 싶을 때 참 좋다. 머핀 하나가 작으니 속이 덜 구워졌을까 걱정할 일도 없다. 15분이 지나 완성된 머핀을 꺼내보니 참 아쉽다. 이렇게 멋진 걸 왜 안 만들고 지냈을까. 그동안 먹어 마땅했으나 먹지 않은 블루베리 머핀은 도대체 몇 개였나. 오랜 시간 보지 못했던 친구를 다시 만난 기분이었다. 기억에서 사라지고 있던 친구. 그러나 길을 걷다 들려온 노래, 갑자기 맡게 된 냄새 때문에 불현듯 떠올라 그 친구의 목소리까지 한 번에 내 기억으로 찾아온 듯한 기분이다.

바삭한 스트루셀이 올려진 머핀은, 그렇지 않은 머핀에 없는 다채로운 질감을 가지고 있다. 머핀은 반죽에 블루베리며 초콜릿, 견과류 등 원하는 것을 추가한 작은 케이크에 가깝다고 할 수 있다. 그렇기 때문에 오후에 먹는 간식이나 디저트로도 모자람이 없다. 내가 언제나 만들어 온 이 머핀은, 따뜻하게 먹을 때면 연약하게 느껴질 정도로 부드럽다. 크럼이 굵직하지만 식감이 절대 거칠지 않다. 가볍지만 풍부한 맛을 지닌 단맛의 스펀지케이크의 개념이라고 이해하면 되지만, 사실 스펀지케이크라는 말도 그 깊이 있는 느낌을 묘사하기엔 좀 부족하다. 머핀 안에 넣는 블루베리는 원하는 만큼 사용하면 되지만 너무 많거나 부족하면 맛의 균형이 깨질 수도 있다. 블루베리는 냉동이건 신선한 과일이건 상관없다. 예전에 반드시 신선한 블루베리만을 사용하려고 했는데, 블루베리가 너무 크기도 했고 반죽에 담다보면 형태가 곧장 뭉그러져 냉동으로 하는 편이 편의성이나 가격 면에서도 좋다는 것을 깨달았다.

　부드러운 케이크와 블루베리 베이스 위에 올라가는 스트루셀은 시나몬과 버터, 황설탕으로 만든다. 애플 크럼블이나 다양한 파운드케이크, 쿠키의 토핑으로 사용하는 스트루셀이나 크럼블을 얹어 구우면 아래의 반죽과는 대비되는 바삭거리는 식감을 더한다. 그래서 나는 이 머핀을 먹을 때, 가능한 머핀의 볼록한 윗부분과 아랫부분을 모두 한입에 맛보려고 애쓰는데 이게 사람들이 보는 데서는 꽤 민망하다. 그래서 좋아하는 음식을 제대로 즐기려면 혼자 먹어야 한다고 생각한다. 최대한 맛있는 한입을 달성하기 위해, 입을 세로로 크게 벌리고 코 주변을 찡그리고, 때로는 미간에 주름을 만들어가며, 그렇게 못난 얼굴로 먹은 한입의 머핀에서는, 한쪽에선 부드러운 케이크의 식감, 다른 한쪽에선 버터와 시나몬 맛이 가득한 스트루셀의 바삭함이 느껴진다. 씹어보면 입안에서 터지는 블루베리가 느껴져서 '아 이게 블루베리 머핀이었지!' 새삼 알아차린다.

　시나몬이 들어간 스트루셀이 더해지면 머핀 이상이 된다.

바쁜 아침 테이크아웃 커피를 사러 들른 곳의 카운터 앞,
계산을 하며 배를 채울 생각으로 무심코 집어드는 평범한
머핀이 아니라, 춥지만 눈부시게 맑은 겨울, 갑자기 얻은 공짜
휴일 아침에 먹는 블루베리 머핀으로 변신한다. 보통 머핀은
식사 대용이나 간식 정도라는 인식이 있다. 내 생각에 시나몬
향 가득한 스트루셀을 얹은 이 머핀은, 훌륭한 디저트나
하루를 멋지게 열어줄 완벽한 커피의 동반자가 될 수 있다.

출근을 해서, 또는 주말 아침에 커피를 마실 때면 누군가와
함께 마주 앉는 것도 좋지만 아침으로 먹을 머핀 한 개에
요거트와 그라놀라 같은 것을 올려두고 시간을 보내곤 한다.
누가 보면 굉장히 반사회적인 태도라 생각할 수도 있지만
이렇게 혼자 하는 아침식사는 나에게 즐거운 고독과 평화를
준다. 작은 테이블에 혼자 앉아 머핀 한입, 커피 한 모금을
번갈아 하며 줄어드는 머핀을 바라본다. 이때는 휴대폰도 보고
싶지 않고 별다른 생각도 하지 않는다. 단지 어떻게 하면 나와
머핀에게 남은 5분의 이 시간을, 뜨거운 아침의 커피 한 잔을
어떻게 더 알차게 즐길지 고민할 뿐이다.

사람마다 머핀을 먹는 방식도 다양하다는 이야기를 들었다.
머핀의 가장 맛있는 부분이라고 알려져 있는 머핀 윗면을
먼저 다 먹어버리는 사람, 머핀지를 떼고 아래부터 먹는 사람,
어려워도 아래위를 골고루 한입 한입 먹는 사람, 대중 없이

아무렇게나 먹는 사람. 내가 찾은 방법은 이렇다. 전자레인지에 30초 이상 돌려 따뜻해진 머핀을 접시에 올려놓고 머핀지 바닥을 제외한 옆면을 떼어 펼친다. 이때 바닥면은 여전히 붙어 있게 두는 편인데 별다른 이유는 없다. 그런 다음 버터 나이프를 이용해 세로 방향으로 이등분해서 머핀을 펼치면, 그 단면이 데칼코마니처럼 된다. 머핀이 식기 전에 자른 양쪽에 버터를 바른다. 그리고 손가락으로 소금 한 꼬집을 뿌린다. 버터가 녹길 기다리지 않고 식기 전에 어서 크게 한쪽 머핀을 베어 문다. 막히는 목을 커피 한 모금으로 넘기고, 바른 버터가 반쯤 녹은 다른 한쪽 머핀도 한입 먹는다. 바쁘지 않다면 그렇게 한 번 더 버터와 소금을 얹어 나머지도 먹는다. 음식과 곁들인 음료도 비슷한 속도로 함께 마시기를 좋아하지만, 종종 커피가 있다는 것을 깜빡하고 머핀만 다 먹어버릴 때도 있다. 정말로 즐거운 대화를 나눌 수 있는 사람과 별반 다르지 않은 것 같다. 우리 앞에 멋진 음식이 있다는 것을 잊게 하고, 지금 함께 있는 곳이 미슐랭 스타 레스토랑인지 24시 해장국집인지 모르게 하는 즐거운 대화가 있을 때처럼. 내가 좋아하는 이 머핀이, 내가 혼자 조용히 힘을 내어 아침을 맞이할 수 있게 하는 것 같다.

다른 디저트와는 다르게, 머핀은 오직 나에게만 주어진 개인적인 한덩이의 행복 같다. 모양과 크기가 자체가 나누어

먹기엔 어렵고, 혼자 다 먹어도 부끄럽지 않을 크기로
만들어진다는 것도 한몫한다. 혼자 집중하여 즐기기에
적당하니 디저트를 통해 조용히 명상하기에도 더할 나위 없다.
혼자 식사를 하면 자연스레 내가 먹는 음식이 어떻게 생겼는지,
어떻게 먹어야 맛있는지 더 면밀하게 관찰해볼 수 있는 기회가
생긴다. 개인적인 시간을 보낼 수 있게 해주는 음식, 또는 내
조용한 시간을 충만하게 만드는 머핀.

　머핀을 최대한 맛있게 먹느라 제쳐두었던 뜨거운 커피가
그사이 식어 특유의 거북한 산미가 더 강하게 느껴진다. 그럴
땐 커피와 함께 넘어가던 머핀의 감촉을 기억하며 다시 한번
복잡한 주변으로부터 나를 분리한다.

런던에도 뉴욕에도
서울에도

우리 집 베이글

베이글 하면 먼저 생각나는 것은 크림치즈가 아니라, '베이글 1개가 식빵 6~8개를 뭉쳐놓은 밀도와 칼로리를 가지고 있다'는 이론이다. 15년 전쯤 친구에게 이 이야기를 들은 뒤로는 '지금 식빵 8개를 먹고 있다'라고 생각하지 않고는 베이글을 먹을 수 없었다. 형식상 잠시 고민하지만, 끝내 잘 구워서 크림치즈까지 두껍게 발라서 즐겁게 먹었다.

베이글을 먹는 방식은 사람마다 다르다. 세계적으로, 특히 베이글 문화가 오래된 도시에 사는 사람들에겐 대부분 오랫동안 지켜온 자기만의 베이글 식사법이 있을 것이다. 기본적으로는 크림치즈 하나만 발라 먹는 방식이 있고, 훈제 연어(록스lox)를 얹어 먹는 것도 인기 있다. 샌드위치 형태로도 먹는데, 아침식사용 식재료 '에그, 베이컨, 치즈' 등을 넣어 먹는 것이 한 예다. 한국에서는 베이글이 식문화에서 큰 비중을 차지하지 않아서 종류가 다양하지 않은데 플레인, 어니언,

에브리싱 시즈닝, 블루베리 정도가 있다.

영국에 살 때 빈티지 옷과 물건을 파는 가게들로 유명한 브릭레인Brick Lane(런던 동부에 위치한 골목, 빈티지 숍과 주말마다 열리는 다양한 마켓으로 많은 지역인들과 관광객들이 몰리는 곳) 가까이에 살았다. 주말에 길거리 음식 가게와 벼룩시장을 구경하며 걷다보면 베이글로 유명한 베이커리를 필연적으로 지나치게 된다. 그냥 지나칠 수 없는 모습의 커다란 삶은 고기 한 덩이가 전면 유리 안 히트 램프 아래 붉은빛을 띠고 있다. 가게 직원이 익숙한 듯한 손길로 두툼한 고기 몇 점을 썰어서 가져간다. 그게 솔트 비프salt beef라는 것이다.

누구나 쉽게 알아볼 수 있는 베이글 가게 간판을 확인하고 들어서면 작지 않은 매장 안에 목소리 큰 점원들과 베이글을 사려는 손님들이 가득하다. 주로 관광객이나 주말을 이용해 찾아오는 타 지역 사람들이 정신없이 주문을 주고받고 들고 나는 광경이 펼쳐진다. 베이글로 유명한 곳이지만 정식 명칭은 베이커리이고 베이글 외에 여러 가지 제품이 있다. 베이글을 사러 왔다 큼직한 케이크들이 진열된 쇼케이스를 보고는 홀려서 구경하는 사람들을 심심치 않게 볼 수 있는데, 잠깐 고민하다 '다른 건 디저트로 먹자'며 베이글을 주문한다. 물론 가게 앞에 서서 베이글을 다 먹고 나면 포만감에 디저트

버튼은 힘 없이 꺼질 것이라는 것을 나는 알고 있다. 근처에 살다보니 베이글은 나도 자주 먹어봐서 다른 것도 시도해볼 여유가 있었다. 브라우니, 애플 스투르들, 커다란 머핀, 초콜릿 케이크 등이 투박하게 잘라져 있다. 이 베이커리를 유명하게 만든 솔트 비프 베이글을 주문하면 가게로 들어오기 전 유리창 너머로 본 큰 고깃덩이에서 몇 조각 두툼하게 잘라, 갈라놓은 베이글에 끼우고 노란색의 매콤한 겨자 소스를 뿌린 솔트 비프 샌드위치를 준다. 약간의 소금 간만 된 기름지고 따뜻한 고기에 톡 쏘는 겨자 소스와 쫄깃한 베이글의 조화다. 한입 크게 베어 물으면 '아이고, 혈관이 막히는 맛이로구나' 싶다. 제대로 씹히지도 않은 빡빡한 한입을 꼴깍 삼켜 넘긴다. 런던의 베이글은 그랬다. 철자도 'beigel'로 미국에서 쓰는 'bagel'과는 달랐다.

한국에서의 기억은 아무래도 엄마가 코스트코에서 사오던 베이글, 또는 대학생이 되어 높은 구두에 샐쭉한 표정을 하고 드나들던 커피빈이나 스타벅스의 베이글이 아닐까 생각한다. 커피빈에서 베이글을 주문하면 크림치즈를 함께 주는데 '아니 실수로 손에 묻히기라도 하면 반은 없어지겠네' 생각이 들 정도로 적은 양이었다. 그래서 항상 두어 개를 추가로 주문해야 했다. 베이글은 한국에서 그다지 보편적인 빵이 아니었는데도 신기하게 많은 젊은이들이 베이글을 좋아했다.

최근 이사 온 동네에 지역 주민들(상당수가 외국인)이 많이 찾는 베이글 가게가 있다. 입맛이 까다로운 남편과 나는 아무 음식점이나 이용하는 편도 아닌 데다 그다지 구미를 당기는 모습도 아니라 그곳에 무심했다. 예전에 살던 다른 동네에 뜬금없이 규모가 꽤 큰 베이글과 커피 전문점이 오픈했는데, 주력 상품이라는 베이글이 정말 그저 그런 맛이었다. 베이글을 내세워 한껏 멋부린 건물을 통째로 열었기에 기대치가 너무 컸던 것 같기도 하다.

또 한번은, 새로운 집으로 이사한 다음날, 언니가 짐 정리를 도와주러 왔다. 요즘 줄서도 못 산다는 유명한 베이글을 사왔는데, 고된 이사와 끝없는 정리로 고단한 상태에 뭘 먹어도 맛있을 법한 상황에도 이 베이글은 뭔가 이상했다. 맛이 없다고 하기에도 아리송한, 모양은 베이글인데 감촉과 맛은 모닝 빵과 포카치아의 중간 느낌이었다. 이런 베이글이 맛있다고 줄을 서서 사 먹는다니 못마땅했다. 그렇게 거듭된 실망으로 체념하고 지내던 작년 겨울의 첫눈이 내리던 날이었다. 여전히 우리는 베이글 염세주의자들이었다. 주말 이른 아침에 강아지와 산책을 함께 나가 골목을 누비며 눈 구경을 하다가 작은 지름길을 통해 큰길—이라지만 좁은 2차로—로 나왔다. 그러자 건너편에 바로 그 베이글 가게에 사람들이 바쁘게 드나드는 모습이 보였다. 주변 어느 곳도 문을 열지 않은 아주 이른 아침, 유일하게 손님과 배달 기사들이 드나드는 모습에, 눈 오는 날 기분도 좋고 아침으로 먹을 것도 필요해 베이글을 사가지고 들어가기로 했다. 베이글은 플레인과 어니언이 있었고, 다양한 베이글 샌드위치가 메뉴도 있었다. 종류가 너무 많아 그냥 메뉴 맨 윗줄에 눈을 고정했다. 나는 크림치즈와 먹을 생각으로 플레인 1개, 남편은 베이컨, 에그, 치즈가 들어간 베이글 샌드위치를 선택했다. 갓 구운 베이글에 크림치즈를 두껍게 발라 먹을 기회를 그냥 흘려보내는 남편의 선택에 조금 당황했지만 굳이 언급하지는 않았다. 집에는 파운드케이크를 만들기 위해 대용량으로 보관중인 크림치즈가 있어 따로 구매하지 않았지만 그곳엔 다양한 크림치즈도 판매하고 있다. 이곳 베이글에 큰 기대를 하지 않는다고는 했지만 둘 다 내심 굉장한 기대에 차 있었다.

집으로 돌아와 두꺼운 외투를 벗어 방에 던져놓고 아직 따뜻한 베이글과 냉장고의 크림치즈를 꺼내왔다. 굽지 않고 그대로 받아온 베이글을 반으로 잘라 토스터에 넣고 최대치(5분)로 굽는다. 토스터가 좀 낡았는지 오래 구워도 먹음직하게 진한 색이 나지는 않아 조금 더 구워야 한다. 맨손으로 잡기엔 너무 뜨거운 베이글이지만 마음이 급해 있는 호들갑을 다 떨며 얼른 크림치즈를 퍼 바르고 마시다 남은 커피가 담긴 머그까지 잘 차려놓고 비장하게 한입. 코스트코

베이글에서 맛보았던 빡빡하고 쫄깃한 씹는 맛이 있으면서도
질기지 않고 먹기 좋은 식감에 적당한 이스트 향이 났다.
세계에서 가장 유명하다는 뉴욕이나 몬트리올의 베이글을
먹어보지도 않았고, 어딘가엔 분명 더 맛있는 베이글이 있을
테니 어디 가서 이 베이글이 최고라고 할 순 없지만 우리는
이런 베이글이 집에서 단 5분 거리에 있다는 사실에 기뻐했다.

　　3주 연속 주말마다 베이글을 먹다가 〈뉴욕 타임스
쿠킹〉에서 올린 영상을 보게 되었다. 평소 즐겨 보던 베이킹
영상 속의 셰프가 나와 베이글 만드는 방법을 보여주는데
그다지 복잡하거나 어려워 보이지도 않았다. 거기에 믹서
대신 손으로 반죽을 다루는 공정도 있어서 집에서 만들기에
재미있는 빵 같아 보였다. 준비할 재료도 대체적으로
단순했지만 한 가지 생소한 것이 있기는 하다. '발리 몰트
시럽Barley malt syrup'이라는 것인데 직역하자면 맥아시럽이라는
재료다. 당밀과 비슷한 색과 농도를 가지고 있는데, 실제로
대체 재료로 당밀을 쓰기도 한다. 처음 해보는 것이니 가장
근접한 조건으로 만들어보려고 즉시 해외 주문을 하고 다음
주말을 기약하기로 했다.

　　해외 배송으로 5일 만에 이 생소한 재료를 받고, 주말
이틀에 걸친 베이글 프로젝트에 돌입했다. 첫번째 단계는
밀가루, 물, 맥아시럽을 혼합해 반죽을 만드는 것인데 좀처럼

강력분을 쓸 일이 없기에 밀가루를 개봉하며 꽤 설렜다.
이때 맥아시럽을 혼합한 온수에 이스트를 활성화시키는데
이스트가 시럽의 당분을 이용해 더 활발하게 살아난다. 물론
편집 탓이겠지만 참고 삼아 본 영상 속에서는 이스트가 꽤
빨리 활성화되는 데 비해 내가 이런 것을 할 때는 항상 문제가
있다는 기분이 들 만큼 느리다. 불안하지만 인내심을 가지고
기다리니 자잘한 거품이 일어나고 살짝 걷어낸 거품 밑으로 더
큰 거품들이 살아나 있다.

　　잘 활성화된 이스트와 맥아시럽이 섞인 물을 밀가루에
넣고 반죽한다. 적당히 끈기가 생기고 구조가 잡힌 반죽을
테이블로 꺼내 본격적으로 치대며 반죽을 시작한다. 이
과정에서 글루텐이 형성되며 반죽이 단단해진다. 초반부터
탄력이 생긴 반죽은 꽤 많은 힘을 들여 이리저리 치대야
한다. 그렇게 20분간 씨름을 하다 넉넉한 크기의 볼에 담아
적당히 적신 수건을 덮어 1차 발효, '벌크 퍼먼테이션bulk
fermentation'에 돌입한다. 이는 반죽 덩어리 전체를 발효시키는
과정인데, 소분해서 성형을 하기 전에 하는 발효를 말한다.
2시간 정도 지나니 원래 반죽에서 두 배 정도 통통하게
부풀었다. 육안으로도 팽팽하게 부푼 느낌이다. 1차 발효를
잘 마친 반죽을 12개로 나누고 베이글 모양으로 성형한다.
긴 가락으로 쭉 늘린 후 양 끝을 이어 붙여 튜브를 만들 수도

있고, 공 모양으로 만든 반죽 가운데에 손가락으로 구멍을 낼 수도 있다. 뉴욕 스타일은 전자라고 하길래 그렇게 해보았다. 끝을 이을 때는 테이블에 놓고 굴리면서 눌러 만나는 부분이 꼬이듯 붙게 되는데 이 모양이 뉴욕 베이글의 특징이라고 한다. 베이킹을 하면서 반죽을 밀고 성형하거나 쿠키 도우를 떠내는 등 조리 전 모양을 내는 단계가 가장 재밌다. 내가 상상하던 그것으로 반죽이 살아나는 것을 보는 것 같다. 고리형으로 성형한 베이글 반죽을 냉장고에서 '프루핑proofing' 과정을 거친다. 이게 2차 발효인데, 성형이 된 반죽을 조리하기 전 마지막으로 발효하는 단계다. 최소 4시간에서 하루 정도 냉장고에서 천천히 저온 발효한다.

다음날 아침, 일찍부터 일어나 냉장고 안에서 마지막 발효를 마친 베이글을 꺼낸다. 베이글은 굽기 전 끓는 물에 데치는 과정을 거친다. 이 과정을 통해 겉면만 약간 익히면서 모양이 잡히고 또 쫄깃한 식감이 생겨난다. 오래 데칠수록 더 쫀득해진다고 한다. 반죽을 만들 때부터 시럽을 섞는 이유는, 그 안에 함유된 당과 이스트의 상호 작용으로 활발한 발효를 하도록 돕고, 이것으로 탄탄한 글루텐 구조를 만드는 데 있다. 실제로 미량의 단맛을 더해 더 맛있는 베이글이 되고, 맥아시럽이 건강에도 좋다고 한다. 글쎄다. 이렇게 글루텐 함량이 높은 탄수화물 음식에 크림치즈까지 한 겹 두껍게 바르는데 시럽 약간이 건강에 별 도움이 될 수 있을까. 큰 주물 냄비에 물과 맥아시럽, 베이킹파우더를 넣고 끓이다 어느 정도 끓기 시작하면 얌전히 대기하고 있던 베이글을 부글부글 끓는 맥아시럽 물에 넣고 총 1분간, 딱 한 번만 뒤집어주고 끓인 후 꺼낸다. 망에 올려 수분감을 약간만 날려주고, 촉촉한 상태일 때 원하는 토핑을 더하면 되는데, 말돈 씨 솔트(크고 불규칙한 피라미드 결정의 영국산 소금), 깨, 파피 시드 등 그건 자유롭게 하면 된다. 나는 깨, 소금, 플레인 이렇게 세 종류의 부재료를 사용했다. 오븐에서 20분 정도 구우면 끝. 베이글을 만드는 과정은 어렵지 않다. 발효가 잘 되기만 한다면 크게 어려울 것 없는데 약간 생소한 단계라면 아무래도 발효된 반죽을 데치는 순간이다. 베이킹소다를 넣자 갑자기 거품이 일어나 주물 냄비 가득 물이 넘치기도 하고, 부엌이 좁고 도구가 적어 반죽을 데친 후 꺼내는 과정에서 약간의 난항이 있기는 했다. 하지만 조금 더 계획적으로 움직인다면 더 쉬워지리라 생각한다.

베이글은 집에서 딱 재밌게 만들 수 있는 정도의 난이도였다. 적당히 익숙한 방법과 낯선 과정들이 조합, 적절한 수준의 문제와 솔루션, 즐거운 성형 과정에 생각보다 짧은 구움 시간까지. 거기다 아침으로 먹는 식사 빵이라는 실용성까지 생각하면 나 같은 홈베이커에게 완벽한 빵 같다.

내가 만든 베이글에서 바란 딱 두 가지는 표면이 조금

질기면서도 구우면서 표면에 공기 방울이 많이 생기는
것이었는데, 원하는 대로 멋진 물집들이 올라왔다. 그럴듯한
색을 보니 보람차다. 내가 원하던 쫀득하고 밀도 높은 베이글을
만들었다니 신기하고 기쁘다! 만든 베이글을 한 김 식혀
가로로 잘라 토스터에 넣고 잠깐만 구워서 크림치즈를 바른다.
발효 과정에서 가스가 빠져나가면서 멋지다 생각했던 높이가
조금 사라졌지만 그래서 그런지 더 밀도 높은 좋은 맛이다.
잘 만드는 가게의 베이글도 좋지만 앞으로는 집에서 만든
베이글에 익숙해지고 싶다. 최고가 아니어도 익숙한 엄마의
닭볶음탕, 집 근처 작은 김밥 집의 심플한 김밥과 쫄면처럼,
우리 집 시그니처 베이글이 있다는 것은 너무 즐거운 일일 것
같다. 남은 베이글은 냉동해 놓았다가 다음 주말엔 베이글
샌드위치를 만들어야겠다. 남편이 다음엔 블루베리 베이글도
만들어 달라고 하는데 알겠다고 했지만 그럴 일은 없을 것
같다.

한계가 주는
자유와 영감

〈어두운 계곡, 이끼 덮인 바위들〉 케이크

영감이 눈에 보이는 창작물로 실현되는 과정은 신비롭다. 완성된 형태를 바라보며 그 과정을 되짚어 보면 때로는 매우 낭만적이기도, 또 매우 비논리적이기도 하다. 나는 인생의 대부분을 영감을 표현하며, 또는 표현하는 방법에 대해 생각하며 살아왔다. 표현 자체가 중요할 때가 있어서 그것을 생각하는 데 몰두하기도 했다.

영감은 우연을 가장하여 나타난다. 종종 새롭다고 느껴지는 소재나 이미지는 처음 보는 것이 아니라도, 지금 내가 빠져 있던 생각에 꼭 들어맞거나 내 이야기에 공감해주는 사람을 마주치듯 나타난다. 그렇게 내 생각에 용기를 북돋워주는 계기가 되기도 한다. 말하기 어려운 감정과 생각 들을, 우연히 읽은 문장 한 구절, 두꺼운 미술 서적의 페이지를 넘기다 본 그림이 속 시원히 설명해줄 때가 있다. 스스로도 인지하지 못하고 있던 내 비밀들을 들킨 기분, 아니면 어느 날 길을 걷다

예전에 잃어버렸던 일기장을 발견하는 기분이기도 하다. 누가 벌써 보지는 않았을까 조급한 마음도…. '바로 이거다!' 하며 영감을 받는 때다. 영감이라는 것은, 나와 분리된 세상에 있다 갑자기 나타나는 것이 아니라, 언제나 있던 자리에 있으면서 내가 눈을 얼마나 크게, 또 어디를 향해 뜨고 있는지에 따라 나타나기도 안 나타나기도 한다.

런던에서 수년간 다닌 학교에서 인이 박이도록 반복했던 것은 영감을 주는 소재를 다양한 시도와 실험 과정을 통해 새로운 형태로 발전시키고 눈에 보이거나 손으로 만져지는 결과물을 얻어내는 연습이었다. 그것에 심취하다보면 때로는 내가 만들어내는 이야기에 빠져들어 결과물이 안중에 없어져 버리기도 한다. 어느 땐 과정을 시작하기도 전에 만들어내고픈 결과물이 있어서, 어떤 생각에서 그것이 비롯되었는지 역으로 도출해야 하기도 했다. 종종 갑자기 찾아온 영감이나 우연히 발견한 아름다운 소재가 마음에 들어 신나게 아이디어를 발전시키다 시간이 흘러 완전히 새로운 것으로 진화할 때가 있다. 강렬했던 영감은 시간이 지나면 그 자체가 가지는 아름다움 이상으로는 의미가 없다는 것을 깨닫기도 한다. 쉽게 얻은 영감이 너무 쉽게 형태를 가지게 되면, 그것 또한 마음이 개운하지 않다.

영감을 주는 이미지를 찾으면 그것에 대한 당장의 발전

방향이 생각나지 않더라도 고민하고 생각할 기회를 스스로에게 줘야 한다. 좋은 영감은 때론 껍질이 무척 단단해 이리저리 살펴보아도 구멍 하나, 갈라진 틈새 하나 없어 열어볼 방도가 없다. 그걸 이리저리 들고 다니며, 마음속에 이고 지고 다니면서 곱씹다보면 그 단단한 껍데기를 깰 수 있는 연장을 얻게 된다. 계획과 실험을 통해 어떻게 세상에 내놓을지 고민할 수 있는 바로 그 여지가 나타나는데, 거기서부터는 나의 노력과 집중력에 따라서 하나의 영감이 준 세계를 얼마든지 확장할 수 있다.

영감을 얻어 창작하면서 가장 짜릿한 순간들은 작은 아이디어에서 발전한 새로운 형태를 (드디어) 만들어냈을 때다. 그리고 그것을 실제로 만들어내기 위한 기술적 계획을 세우는 단계들도 그렇다. 멋진 이미지를 보면 어렴풋하게 재밌는 형태가 떠오르지만, 그것을 실현하려면 다양한 실험과 고민을 거쳐야 한다. 내가 얻고 싶은 결과물의 형태가 정해졌으면 그것을 물리적인 형태로 어떻게 실현시킬 것인가 하는 고민에 다다르면 흥미로워진다. 이 형태를 만들기 위한 구조, 그리고 그 구조를 잡는 데 필요한 기술과 재료를 알아가는 과정이다. 바로 이 과정을 정말로 재미있게 만드는 것은 '한계'이다. 이 한계는 내가 공부하는 예술의 시각적 표현 방법, 사용하는 언어, 주어진 재료 등에 의해 달라진다.

패션을 전공하며 얻은 가장 중요한 것은 재료적 한계의
아름다움을 이해하게 된 것이다. 나는 패션과 그 문화를
좋아했다기보다는 원단과 패턴을 이용해 입체적인 형태를
만들고 그것의 한계를 시험하는 것을 좋아했다. 다양한 재료를
가지고 마음대로 조형물을 만들어내는 아티스트가 될 수도
있었겠지만, 그것보다는 멋진 모양을 만들면서도 사람에게
입혀야 한다는 조건과 거기에 요구되는 필수적 구조라는
한계가 옷 만들기를 즐겁게 만들었다.

케이크를 만드는 것도 비슷하다. 처음 베이킹을 시작했을
때, 나는 별다른 목표가 없었다. 쿠키와 파운드케이크를 굽고,
머핀 정도 구울 줄 알면 딱 괜찮을 것 같았고 대단한 장식이나
디자인 같은 것을 하겠다는 것은 고려해보지도 않았다. 그러나
조금씩 기술이 생기고 나름의 노하우도 생기다보니 내가
사용할 수 있는 새로운 표현의 도구가 하나 더 늘어났음을
느꼈다. 레시피만 겨우 따라가며 제품을 만드는 것 이상으로
어떤 이야기나 메시지를 전달할 수 있을 여유가 생기니 새로운
가능성들이 나타났다. 그때부터 나는 일상에서 새롭고 멋진
이미지를 보면 그것을 어떻게 케이크로, 디저트로 표현할지
고민하게 되었다. 마크 로스코Mark Rothko의 작품을 어떤
케이크 레이어와 버터크림으로 표현할지, 세계 여성의 날에는
어떤 컵케이크로 내 메시지를 전달할 수 있을지…. 모든 것을

케이크로 쿠키로 만들 생각만 했다. 이런 식으로 생각하다보면 그 상상력을 제한하는 것이 생기는데 그게 역시 재료다. 버터와 밀가루, 설탕을 가지고 할 수 있는 표현들에 대해 고민해야 한다. 통상적으로 생각하는 재료의 용도를 뒤집어 생각하고 또 다른 방식을 시도하며 해결 방법을 찾는 과정에서 내가 되뇌던 '표현의 한계'를 넘어서 새로운 영역을 만들어낼 수 있다. 옷을 만들건 케이크를 장식하건 부족함 속에서 방법을 찾아가는 과정은 나에게 가장 행복한 시간이다. 그런 순간들이 반복되며 어느새 목적지에 가까워지면, 출발지에서는 상상도 못 했던 곳에 다다랐음을 알게 되기도 한다.

　최근 서울의 한 디자인 라이브러리를 방문했다. 오랜만에 예술 서적으로 그득하게 채워진 책장을 보니 의욕 넘치던 학생 때가 생각났다. 당시에는 눈에 띄는 책들을 모조리 꺼내 보았다. 수업이 없으면, 나는 세계에서 가장 많은 예술, 디자인 서적을 보유하고 있다는 학교 도서관에서 모든 시간을 보냈다. 그 많은 책을 대충이라도 한번씩 다 보려면 별수 없었다. 조금이라도 마음에 드는 자료를 찾으면 기록하고 수집하며 끊임없이 가능성을 찾아 헤매었다. 그때 내가 못한 부분이 있다면, 영감을 받는 것만큼 새로운 것을 내보내지 못했고, 끝없이 새로운 세계관을 펼쳐야 할 예술가로서의 책임을 다하지 않았다는 것이다. 입력과 출력의 큰 불균형이었다.

아마도 나는 불안감에 사로잡혀 마음에 드는 영감에서
그럴듯한 아이디어가 바로 떠오르지 않으면 금세 다음 영감을
찾아 나서야 했던 것 같다. 최고의 아이디어도 아닌 것을
가지고 굳이 시간을 들여 발전하고 확장시킬 필요가 없다고도
생각했다. 지금의 나는 조금 더 인내심이 있고, 노력과 시간이
주는 선물을 이해하고 있으니 마주치는 영감을 조금 편안하게
대할 수 있을까.

유명 아티스트 올라퍼 엘리아슨Olafur Eliasson의 책을
곁눈으로 보며 펴보기를 꺼려했다. 너무 유명한데 굳이 나까지
봐야 하나. 가만히 있어도 들리는 것이 그의 이름이고 또
보이는 것이 그의 작품인데. 더 자세히 알고 싶지도 않았던 것
같다. 처음으로 시간을 들여 그동안의 그가 만들어낸 것들을
보는데, 사진을 통해서지만 규모와 도전의 의미에서는 정말
기가 막히다. 장식성 없는 설치물은 기계공학자나 물리학자의
실험 같아 보이기도 하고, 종종 그 차가운 틈새로 피어나는
대자연에 대한 그의 동경도 느껴진다. 실내 공간에 펼쳐진
돌밭과 그 사이를 가로질러 흐르는 작은 물줄기. 하얀 벽으로
둘러싸여 형광등으로 밝혀진 제한된 현실의 공간에 원대한
자연의 모습이 갇히는 어색하고도 진기한 경험을 만들어내는
작업들이다.

움직이는 자연을 하얀 벽으로 된 공간에 담은 것처럼,

마른 자갈밭에도 생동감 넘치는 생명이 더해질 수 있을까.
드라이하고도 매끈한 돌의 질감을 달콤한 재료로 재현할 수
있겠다는 생각이 들어 고민해보던 중 숲 속 계곡 주변 켜켜이
쌓인 바위들 위로 수북하게 깔린 이끼 사진을 보게 되었다.
차갑고 축축하지만 조용한 숲처럼 따뜻한 언어를 가졌을
것 같은 두툼한 이끼의 모습을 분명 먹는 재료로 재현할
수 있겠다고 생각했다. 가장 도전적인 요소는 먹을 수 있는
자갈을 만드는 것, 다음으로는 이끼를 표현할 재료를 찾는
것이었다. 집에 돌아와서도 고민하다 분명 누군가는 먹을 수
있는 자갈 만드는 방법을 찾아내지 않았을까 싶어 인터넷
검색 끝에 어떤 사람이 10여 년 전에 올려놓은 페이지를 겨우
찾아냈다. 다행히 생소하지 않은 재료로도 만들 수 있다
하니 해결이다. 사놓고 방치하던 말차 가루로는 이끼의 색과
질감을 살릴 수 있을 것 같고 그 아래 형태를 이루는 베이스는
무엇으로 해볼까.

어린아이였던 내가 베이커리 진열대 앞에서 생크림 과일
케이크나 모카 케이크를 사달라고 떼를 쓰지는 않았을 것이다.
여덟 살 생일파티 중 생일 축하 노래 사이로 내 앞에 나타났던
과일 얹은 생크림 케이크와 그때 내가 느낀 배신감과 실망감이
아직도 생생하다. 아무 케이크나 좋다고 대답해도 알아서
초콜릿 케이크가 나타날 것이라고 예상했던 내 탓이었다.

다양하고 멋진 디저트들이 있지만 딱 하나만 골라야 한다면
쉽게 만든 초콜릿 케이크를 고를 것이라고 약속할 수 있다.
달콤하고 묵직한 맛에 무지개 스프링클이 올라간 평범한
초콜릿 케이크. 내 과거와 현재, 내가 밟고 살아가는 땅과
생명을 주는 대지 속, 축축하게 생명력 넘치는 진흙은 한 맺힌
초콜릿 케이크로 표현하면 되겠다.

　화이트 초콜릿을 이용해 만든 돌들은 언뜻 보면 진짜
같아서 내가 만들어놓고도 신기했다. 이런저런 모양과 크기로
만든 자갈과 미리 만들어둔 케이크 시트를 냉장고에서
단단하게 만들어주고 다음날 아침, 케이크 만들 생각에 신이
나 이른 시간 눈을 뜨자마자 벌떡 일어난다. 넉넉한 양의
초콜릿 버터크림을 만들어 냉장해놓았던 케이크를 샌딩해
기본적인 구조를 만드는데, 보통 방식으로 케이크를 아래에서
위로 층층이 쌓는 것이 아니라 케이크 시트를 반으로 잘라
높낮이를 다르게 세로로 세워 그 사이사이를 초콜릿 크림으로
채우기로 했다. 언덕 같은 모양을 내고 싶은데, 일반적인
케이크 구조로 만들어 언덕 모양으로 깎기보다는, 시트를
배치할 때부터 켜켜이 세워 언덕 모양으로 한다면 모양도
쉽게 만들고 케이크도 덜 낭비할 수 있지 않을까 싶었다. 이런
방식으로 기본 형태를 잡는 것이 어색하긴 했지만 이리저리
다듬다보니 괜찮은 초콜릿 케이크 베이스가 완성되었다.

부드러운 초콜릿 버터크림을 발라 마무리하고 말차가루로
초콜릿 대지 위에 두툼한 이끼를 한 겹 깔아보았다. 적은
양으로도 꽤 강한 색의 싱싱한 이끼를 표현할 수 있었다.
물기 가득한 표면에 자란 이끼처럼, 말차가루가 아무런 저항
없이 촉촉한 초콜릿 크림 표면 위에 안착한다. 이젠 돌을 얹을
차례. 여기저기 얹어보며 구도를 짜보고 자리를 정하면 그곳의
케이크를 조금 파내어 자리를 마련한다. 그런 다음 자갈이
미끄러지지 않고 케이크에 잘 붙도록 꼭 눌러 얹는다. 어느
정도 돌을 얹었으면 마지막으로 한 번 더 말차 이끼를 얹어 돌
위의 이끼를 만드는데, 가루를 뿌리고 나면 수정도 안 되기에
천천히 조심해서 말차 가루를 뿌려 풍성한 이끼의 모습을
재현해본다. 케이크를 돌려가며 여러 각도에서 확인하고
부족할 곳을 채우다보니 완성된 케이크.

상상했던 느낌의 케이크가 완성되고 나니 아이디어를 얻어
제작까지 해온 그 과정이 애틋하다. 처음 무작정 책을 펼쳐서
보이는 대로 따라가기 시작했을 때는 상상도 못 했던 케이크의
모습이 대단하다. 시작과 끝만 보자면 아이디어와 결과물
사이엔 아무것도 보이지 않는다. 무에서 유가, 마치 재채기하듯
순식간에 만들어지는 것처럼 보이지만 장애물과 해결책
사이를 떠돌던, 나에게만 보이는 여정들이 정말 멋진 경험을
만들어주지 않나. 굳이 보는 이들에게 설명하지 않아도 되는

나만 이해할 수 있는 영감의 발견과 전개. 이런 발전 과정을
더 많이 경험할수록 새로운 생각을 하고 상상 속의 무언가를
만들어내기 위한 에너지를 얻는다.

학교 수업 중 M.C 에셔Maurits Cornelis Escher의 작업과 그의
생애에 관심을 가지고 조사했던 적이 있다. 거기서 티베트
유목민의 의상을 거쳐 결국에는 박스로 만든 노숙자의
잠자리에서 아이디어를 얻어 옷을 만든 적이 있다. 꽤
엉뚱하게 산으로 가긴 했지만, 내가 그곳에 다다르게 된 과정이
흥미로웠다. 정처 없는 여정도 좋지만 이제는 조금 인내심을
가지고 어렵게 얻은 귀한 영감을 위해 더 정성 들여 짐을
싸서 느리고 긴 여행을 하고 싶다. 아무것도 없는 곳이더라도
고민하고 결정해서 걷고 움직이며 내 발을 따라가다보면 길이
나오리라는 믿음이 생기기 때문에.

영원할 수 없는 재료로 만드는 케이크를 이용해 상상 속의
순간을 만들어내는 것에는, 최신 3D 프린터를 이용해 머릿속의
것을 그대로, 더 쉽고 정확하게 표현하는 데서는 얻을 수
없는 가치가 있다. 내게 주어진 한계를 기회로 만들고 적을
내 편으로 만들 수 있다. 내 기술이 아직 이 정도까지라는
것이 중요한 것 같다. 설탕 공예나 반짝이는 완벽한 몰드로
디저트를 만들 줄 알았다면 이런 투박하고 불안정한 방법을
선택할 필요가 없었을 것이다. 일일이 깎고 더하며 무언가를

빚어내는 것이 결코 똑똑한 해결 방법은 아니다. 하지만
반복적인 운동으로 단련되는 근육이나 불 속에서 단단해지는
쇠붙이처럼, 어려움을 거친 과정은 기억에 남는 시간과 매우
개인적인 엔딩의 순간을 선사한다. 앞으로도 내가 받는
영감은 어색한 손과 바보스러운 계획들로 이야기의 결론을
맺으며 완성되겠지. 부족한 솜씨와 빛나는 스토리텔링이 만나
만들어내는 순간들.

내 인생을
내가 산다는 것이

주체적 베이킹

이상하게 나는 여기저기 다니며 맛있다는 디저트 레스토랑이나 베이커리를 찾아다니지는 않는다. 케이크와 쿠키를 무척 좋아하지만, 무작정 디저트를 좋아하지는 않고, 그보다는 베이킹에 필요한 준비와 동작들을 포함한 모든 활동들을 좋아한다. 또 내 손에서 디저트가 만들어진다는 것이 매우 만족스럽다. 내가 직접 베이킹을 하지 않았더라면 맛있는 케이크와 쿠키를 찾아 다녔을지도 모르겠다.

내가 좋아하는 것만큼은 내가 만들어내는 데서 내 삶에서 주도권을 갖게 된다고 자주 느낀다. 남을 의식하지 않고 상황을 마음껏 통제할 수 있다는 것도 보너스다. 베이킹 도중 감정이 폭발하기도 하는 나를 감내해야 하는 남편의 입장은 들어봐야 알겠지만…. 어쨌든 내 삶 안에서 가장 강력한 결정권을 가지게 되는 것, 또 무엇이든 하나라도 할 줄 알게 되는 것이 내 삶을 다채롭고 강하게 만들어준다.

우리의 세상은 이미 다방면에서 살기 좋고, 운 좋은 몇 퍼센트 안에 들었다면 하루하루 생존을 걱정하며 살아가야 할 필요가 없다. 집을 지을 줄 모르고, 신발을 만들어 신을 줄 몰라도 나 대신 그것을 해줄 사람이 있으니 굳이 뭐든 만드는 방법을 알지 못해도 된다. 쉬워진 이 삶 속에서도 우리는 꿈틀대며 존재의 이유를 찾고 또 저 사람보다는 내가 낫다는 것을 증명해 보이려 한다. 그러다 능력의 한계나 게으름이라는 벽에 다다르면 다시 원점으로 돌아가 누구에게나 공평하게 주어진 그 시간을 그저 눈으로만 좇으며 허망하게 흘려보낸다. 그것이 반복되다보면, 어느 날 내가 황무지 한가운데 고립되었을 때, 누가 대신 우물을 파주기를 기다리기만 하다가 별수 없이 결국 목이 말라 죽어버리는 그런 삶이 될지도 모른다. 여전히 나타나지 않은 도움을 탓하며.

이 세상에 정말 필요한 사람이 되어야만, 과학적 발견으로 수많은 생명을 보호하고 인간에게 생명 연장을 선사하여 세상의 흐름을 바꾸고 역사 속에 내 발자취를 남길 수 있어야만 인간으로서의 가능성을 완전하게 실현하고 떠나는 것일까. 결코 녹록지 않은 요즘의 삶이라는 황무지 한가운데에서 우리가 살아갈 수 있는 최소한의 의미 있는 삶이란 바로 주체적 삶이 아닐까. 세상을 이끌 수 없다면 나 자신이라도 이끌어야 하지 않나. 메마른 땅을 일궈 문명을 창조하거나, 세기의 발명으로 난치병을 치료했던 사람들의 삶의 첫 하루는 어떤 모습이었을까. 몰랐던 것을 배워 알게 됨으로써 생각하는 방식이 바뀌고 결론적으로는 그 생각 덕분에 세상이 바뀌었을 것이다.

내가 주체적 삶을 살아가기 위해 필요한 것은, 하나둘씩, 아는 것을 늘려가고 남들의 생각과 기술에 의지해야만 하는 일들을 없애가는 것. 그런 의미에서 요즘은 가구를 만들고, 간단한 수리를 하는 실용적 기술에 대한 동경이 있다. 내 삶에 필요한 일들을 위해 휴대폰 화면 속 전문가를 찾아 헤맬 필요 없이 바로 자리에서 일어나 수첩에 구상하고, 재료와 연장을 준비해 무언가를 시도하고 성취하는 삶이란 참 멋지다. 얼마 전엔 나뭇결 무늬의 조립식 데크타일을 구해다 마음에 들지 않던 발코니 바닥에 깔았다. 오전 내내 이른 봄 햇살에 땀을 흘리고 있는데 앞집 아주머니가 "아이고 여름에 좋겠네"라고 덕담을 해주는 것은 나쁘지 않은 덤. 작은 새집 하나를 만드는 것보다도 단순한 작업이지만 2시간에 걸쳐 이리저리 고민하고 고쳐가며, 조금은 동네 시끄럽게 설치하고 나니 누가 보고 부러워하지 않아도 내 눈이 기쁨으로 빛났다. '내가 다 깔았어…!'

인생을 주체적으로 살아가는 방법엔 여러 가지가 있겠지만 자기에게 필요한 것, 자신에게 기쁨을 주는 것을 스스로 할 수

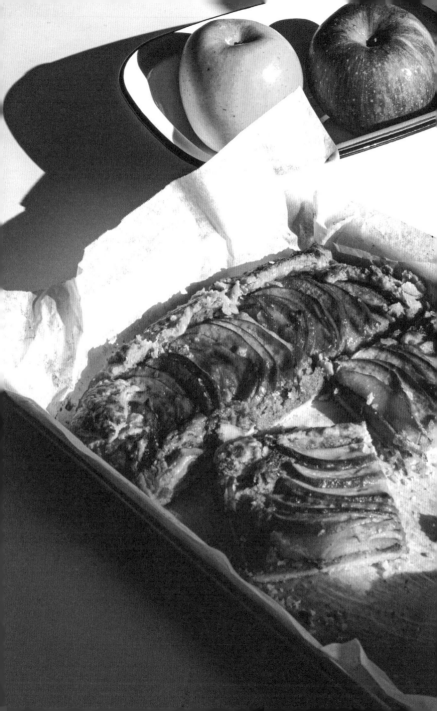

있게 되는 것이 중요하다고 느낀다. 눈앞에 보이는 선택지를 고르는 대신 기왕이면 내가 만든 선택지로 가능성을 확장하며 주체적 인생을 연습할 수 있지 않나 생각한다. 크고 작은 기술을 터득해가는 것이 삶의 빈칸을 채워나가는 것이라면 뭔가를 새로이 배우고 연습해서 실력을 갖추게 되는 것은 삶의 크기를 확장하는 것이라고 생각한다. 세상을 보는 내 시야를 넓히고 새로운 감정의 경험을 더해가면서, 잘 늘어나지만 절대 터지지 않는 탄성 좋은 풍선처럼, 내 삶의 크기는 계속해서 커지고 더 높이 떠오르며 조금 더 높은 차원으로 삶을 이끌어나갈 수 있기를 바란다.

헨리 데이비드 소로Henry David Thoreau처럼 무작정 숲으로 들어가 집을 짓고 자연을 도구 삼아 오직 내 힘으로만 살아가는 것만이 주체적인 삶은 아니다. 무인도에 떨어져 어쩔 수 없이 생존하는 것 말고, 편할 수 있음에도 불편함에 나를 노출시켜 문제를 해결하는 것, 그 강한 마음으로 시작하는 거다. 가만히 있을 때도 등 대고 누워 있기보단 언제든 원하는 방향을 향해 일어설 수 있도록 똑바로 앉은 자세로 세상에 존재하는 방법을 터득해나가는 것이다.

끌려다니지 않는 주체적 삶을 시작하는 간단하지만 구체적인 방법으로 내가 먹을 음식을 만드는 것이 있다. 내가 먹을 음식에 뭐가 들어가는지, 어떻게 만들어지는지 정확히 알고, 남에게 맡기는 일 없이 스스로 해결하는 사람은 아무도 방해할 수 없는 자기 영역을 확보한다. 내 홈베이킹의 경험들 중 더 뿌듯했던 순간은 화려한 케이크나 멋지게 구워진 파이를 만들었을 때가 아니다. 그보다는, 집에 가만히 있다가 '초콜릿 칩 쿠키가 먹고 싶은데 쿠키 반죽이나 만들까?' '크림치즈 남았으니 파운드케이크를 만들든지 해야겠네.'라고 자연스럽게 생각이 드는 때다. 마음에 부담이 없고, 막막한 기분이 들지 않으면서 그런 생각을 할 수 있다는 것이 보람 있다. 내가 먹고 싶은 맛을 내가 원할 때 만들어낼 수 있는 것이 주는 만족감은 말할 것도 없고.

쿠키를 만들다가도, 큰 걱정 없이 특별한 애를 쓰지 않고 이렇게 하고 있다는 생각에 멈칫하게 된다. 재료를 꺼내고 반죽까지 무사히 만들어서 오븐에 넣게 된 과정들을 거쳐온 것은 기억나지 않을 정도로, 별 고민이나 걱정 없이 이렇게 쿠키를 만들고 있다니. 케이크가 만들어지는 과정이 더 이상 미지의 세계가 아니라는 사실은 더 놀랍다. 누군가의 생일이 다가오면 '어디서 케이크를 살까'보다는 '어떤 케이크를 만들까', 선물을 골라야 할 때는 '뭘 선물하지'보다는 '무슨 케이크를 만들어줄까' 고민하는 것이 당연한 삶. 엄마가 피칸 파이가 또 먹고 싶다고 할 때, 친구가 전에 먹었던 파운드케이크가 맛있었다고 지나가듯 말할 때, 망설임 없이 다시 만들어주겠노라 약속할 수 있는 내 작은 능력이 고맙다.

내 방식이 좋지만 세상을 설득할 필요도 없고, 나에게 중요하다는 것만으로도 만족스럽고 고귀한 그것에 대해 누구의 동의를 구하거나 내 편에 합류해주길 바랄 필요도 없음을 알았다. 내가 좋아하는 것을 탐구하고 내 삶의 일부로 만드는 과정 속에서, 인정받겠다는 생각을 버리면 그것의 가치는 훨씬 더 커진다. 그런 가치를 우선시하고 살다보면 결정을 내려야 하는 순간순간, 내 마음에 더 가깝고 진실한 결정을 할 수 있게 되겠지. 그러면서 우리는 주체적이고 자신감 넘치는 삶의 방향으로 나아가게 되고.

돈을 벌어 의식주를 관리하고, 가족을 챙기고 하루하루를 살아갈 뿐인 인생을 흔들어깨우기 위해 할 수 있는 일은 무엇일까. 복잡하지 않은 즐거움을 위해 시작한 것이 베이킹이지만 미리 계획하고 준비하는 데에 많은 시간을 할애해야만 한다. 그러다보니 내 생활은 일하고 먹고 자고, 강아지를 산책하는 삶 위에 베이킹이라는 꽤 부담스러운 일정이 더해져 있다. 해도 그만 안 해도 그만인 일개 취미일지언정, 베이킹은 내 시간을 잡아먹는 게 아니라 오히려 부가적 삶을 만들어줬다. 자연스레 더 많은 생각의 기회를 주었고 결론적으로 내 하루와 일주일을 확장해주었다. 운동을 꾸준하게 하거나 열징적으로 취미에 몰두하는 사람들이 상당히 많은 시간을 그것에 할애함에도 불구하고, 그러지 않은 사람들보다 더 많은 시간을 가지고 있는 것 같아 보이는 것이 이런 이유에서일까.

아무것도 안 하고 주말을 보내며 안정과 마음의 위로를 받는 성격이라면 참 편하고 좋겠으나 타고나기를 그러지 못한 주말 아침이면 평일보다도 일찍 눈이 떠지는 나는 매 주말을 어떻게 무엇을 하며 더 피곤하고 바쁘게 보낼 수 있을까 생각한다. 오래된 습관과 쉬면 쉴수록 몸과 마음이 더 무기력하고 우울해지는 감정. 이것들을 달래기 위해 조금 더 꽉 찬 인생을 살고자 이미 바쁜 삶에 할 일을 더해본다. 그러다보면 힘들고 바쁘다고 느꼈던 하루하루의 일상은 불평할 필요도 없는 작은 불편이 되고 오히려 이렇게 바쁜 삶이 더 쉬워지기도 한다. 그러면 어느새 또 다른 무언가를 더할 여유 공간이 생겨나는 식으로 인생이 걷잡을 수 없이 커지는 것이다!

내 분노의 적나라한 초상

망친 레몬 타르트

세상을 이해하는 것에는 느린 사람으로 살아오다보니, 누구나 겪었지만 나만 몰랐던 새로운 감정을 느끼기도 하고, 같은 상황에 대해서도 조금은 다른 영향을 받게 됨을 깨닫는다. 계속해서 정신이 진화한다고 해야 할까. 요즘 나에게 비교적 새로운 감정은 분노다. 조금은 날것의 상태로 느끼곤 한다. 몇 년 전까지만 해도 기분이 상할 땐 의기소침해하거나 우울감을 느꼈다. 보통 내가 실수를 해서 남에게 피해를 입히거나 상대방의 기분을 상하게 하여 내가 속상해지는 수동적 감정이 내가 가지는 부정적 감정이었다. 나쁜 일이 생기면 나에게도 문제가 있다고 판단했다. 요즘은 종종 설명하기 매서운 기분을 느낀다. 모든 것이 못마땅하고 세상 모든 것이 내 만사를 꼬이게 하는 그런 기분. 화가 날 때는 마음의 문이 꽉 닫혀 어떤 누구의 말도 들리지 않는다. 화가 나서 나 자신을 무자비하게 깎아내리며 내가 저지른 실수를

죽도록 비난하고픈 순간에 누군가의 위로는 그 어떤 힘도 갖지
못한다.

　머리 끝까지 화가 치밀어 눈물이 나는 경험도 그렇다.
베이킹을 하면서 처음으로 분통이 터졌던 순간이 기억나는데
아마 줄줄 흘러내리는 크림치즈 아이싱으로 케이크를 장식할
때, 또는 조카의 생일 케이크에 달걀을 빼먹었을 때, 둘 중
하나였던 것 같다. 억울한 일이 생겨서가 아니라 내가 하던
일이 잘 안되어서 화가 나기도 한다는 걸 베이킹을 하며 처음
알았다.

　베이킹을 하다가 실패하거나 뜻대로 안 되면 왜 이렇게
화가 날까 생각해본다. 그 이유에는 여러 가지가 있다. 내가
그것을 위해 쏟은 시간이나 재료가 아까워서 그렇기도 하지만,
가장 속상한 것은 일주일 내내 기다렸던 주말 베이킹 시간이
이렇게 허무하게 증발되어버렸다는 사실이다. 실패하며
배우고, 고난 속에서 강해지고 어쩌고 저쩌고… 말이야 좋지
기왕이면 만드는 것마다 생각대로 나와주면 좋겠다. 일주일에
한두 번 할까 말까 싶은 베이킹을 제대로 하지 못하면 또
다음 주말을 기약해야 하는 답답함을 누가 이해할 수 있을까.
특히나 오늘처럼 레몬 타르트를 처음부터 끝까지 죄다 망친
때에는 도저히 나 자신의 부족함을 용납하기 힘들다. 일주일
내내 생각하고 기대했던 레몬 타르트를 만드는데 레몬 커드를

만드는 것에서부터 꼬이기 시작했다. 분명 레시피 대로
했는데도 망칠 땐 굉장히 답답하고 기분 나쁘다. 성공률이
나쁘지 않은 베이킹 경험 때문인지 가끔 하는 실패는 상당히
받아들이기 어렵다. 수년간의 연습과 훈련 후에 올라간
결승전에서 상대편의 반칙으로 내가 다치고 또 그로 인해
경기에서 패배하는 것과 비슷한 기분일까.

그런데 이상하다 싶을 만큼 타르트는 자주 실패한다.
마음에 들게 완성한 적이 아예 없다고 하는 것이 맞겠다.
겨우 완성해도 항상 초라하고 깔끔하지 못하다. 타르트지
색을 더 낸다고 기다리다 결국 너무 구워지거나, 특히나 딱
떨어지고 깨끗하게 구워지질 않아 인터넷이나 책 속에서 보는
가장자리가 깔끔한 타르트는 꿈같은 일이다. 어쩌다 유튜브
영상 속에서 간단하고 쉽게 만드는 것을 보고 용기를 내어서
똑같이 만들어보려고 하면 역시나 실패. 이번 타르트도 그런
경우였다. 최근에 산 책에 마이어 레몬 타르트meyer lemon
tart가 있는데 레시피를 쓴 사람이 시연하는 모습을 보니
어려워 보이지 않았다. 그동안의 타르트지에는 써보지 않았던
재료가 들어가는 데다 레몬 타르트를 만들어본 지 상당히
오래되었기에 안 해볼 이유가 없었다. 레몬 커드 필링과
타르트지 모두 미리 만들어놓아도 되는 것이라 레몬 커드부터
만들려고 레시피에 나온 대로 레몬 제스트를 내고 즙을 짠다.

설탕과 레몬 제스트, 레몬 즙을 끓이다가 적당히 되직해지면 불을 끄고 버터를 넣어 녹이면 되는데, 글쎄다, 적당하다고 했던 온도에는 도달한 지 꽤 지났는데 되기는 영 아니고, 그래도 온도를 기준으로 해야 하지 않나 해서 불을 끄고 버터를 넣어 섞는다. 묽은 커드는 역시 되기를 만들지 못하고 끝나버렸다. 혹시 몰라 더 끓여서 수분을 날려볼까 했는데 버터가 녹으니 당연히 쉽지 않다. 식으면 나아질까 하고 따로 담아 기다려보지만 가망이 없다는 판단이 들어 다시 만드는 것으로. 이미 심기가 불편해지다 못해 눈물이 날 지경이지만 앞으로 해야 할 과제들을 위해 마음을 진정시켜야 한다. 이런 순간에 화를 낼지 그냥 넘어갈지는 정말이지 굉장히 가느다란 줄을 타는 감정의 흔들림으로 정해져버린다. 화를 내는 것도 내가 하는 선택 아닌가. 의연하게 넘어간다고 해서 마음속에서 용암이 끓고 있지 않다고 할 수는 없다. 화내지 않고 싶은 것일 수도 있고, 다음에, 정말 화나는 일이 있을 때 제대로 화내고 싶은 것일 수도 있다. 크게 화가 난 적이 없어서 화를 참기 위해 애써야 했던 경험 또한 많지 않았던 터라, 그래서 정말로 화가 나는 상황이 오면 그 마음을 꼴깍 삼켜버리는 것이 참 어렵다.

　레몬 커드를 새로 만들어야 하지만 바로 설거지를 하고 연달아서 다시 같은 과정을 반복할 기운이 없어 우선 타르트지부터 만들기로 했다. 이 타르트지에는 아몬드가루가 들어간다. 아몬드가루를 자주 써보지 않았지만, 최근 새로운 쿠키를 만들고 남은 아몬드가루가 있어서 그것을 꺼내왔다. 믹서가 아닌 푸드 프로세서로 만드는데, 아직 푸드 프로세서에 완벽하게 익숙해지지 않아서, 재료가 굉장히 빨리 섞이고 오래 섞으면 반죽이 더 물러지는 것 같다는 것 이외에 상당히 시끄럽다는 정도밖에 모르겠다. 아무튼 레시피대로 반죽을 두툼한 블록으로 만들어 유산지 사이에 끼운 채 랩으로 감싸 냉장고에 넣었다. 반죽이 막 만들어졌을 땐 상당히 무른 것 같지만 내일이면 다루기 쉬울 정도로 단단해져 있을 거라 별 걱정은 안 했다.

타르트 반죽을 만들고 나서는 한번 망쳤던 레몬 커드에 다시 도전한다. 레몬즙은 조금 덜 넣으면 나으려나. 그래도 재료 배합을 마음대로 바꾸는 것은 안 될 것 같아 차근차근 빼먹는 것이 없도록 정확히 준비해 담고, 대신 이번엔 레몬과 설탕을 더 오래 끓여보기로 한다. 도달 온도에 상관없이 숟가락 뒷면을 덮는 정도로 충분히 되직해졌다고 판단될 때 준비해놓은 버터를 섞어 마무리한다. 확실히 이전보다는 안정적이라 느껴지지만 식혀서 차가워질 때까지는 어떨지 모르는 일이다.

이튿날, 베이킹 용품 가게가 문을 열자마자 가서 깊은 타르트 팬을 사왔다. 어젯밤에 뒤져보니 작은 것밖에 없어서 아무래도 레시피 배합대로 하려면 새로 사는 게 낫겠다 싶었다. 부리나케 필요한 것은 사들고 돌아와 냉장했던 커드를 꺼내 상태를 살펴보니 되기가 나쁘지 않아서 한숨 돌렸다. 이제 타르트지를 꺼내 팬에 담아야 하는데, 레시피에 알려준 테크닉으로 이리저리 해보는데 반죽이 스멀스멀 늘어지면서 겉돌기 시작한다. 그런데 그보다 더 큰 문제는 새로 사온 타르트 팬이 너무 커서 반죽이 부족하다는 것이다. 애써서 다시 도전한 타르트지가 또다시 말썽이다. 그러면 그렇지 역시 타르트는 안 된다. 아침부터 부지런히 사온 타르트 팬이 무용지물이 되고 애써 만든 타르트지 반죽은 찰흙처럼 뭉개진다. 이건 정말 못 참겠다. 소리 지르고 싶게 화가 나고 옆에 있는 물건을 다 집어던지고 싶어질 것 같아 침실로 들어가버렸다. 빼먹은 재료나 단계도 없고, 그저 레시피대로 따라 했는데 내가 생각한 대로 나오지 않으면 도대체 누구 탓을 해야 하는 것일까. 거기다 내가 베이킹을 하는 환경과 도구들까지 무엇 하나 협조해주지 않을 때, 나는 결국 이 세상이 나를 궁지에 몰아넣고 있다고 믿는다.

분하고 억울한 마음이 쉽게 가라앉지를 않는데 꼭 레시피의 크기대로 해야 하냐며, 맛만 있으면 되지 않냐는 남편의 위로는 오히려 타는 불에 기름을 붓는 느낌이다. 그동안 내가 자주 타르트 때문에 마음이 상했다는 점, 내가 생각했던 타르트의

그림이 있었다는 점, 주말 전부터 계획했다는 점, 레몬
커드부터 안 풀려서 타르트지가 늘어지는 것도 모자라 새로
사온 타르트 팬마저 잘못된 점, 그리고 재료와 시간을 낭비 한
점…. 지금 내가 화가 나는 이유를 대자면 끝도 없는데 거기에
도대체 어떤 조언이 도움이 될까.

　지금 더 화가 나면 아무것도 안 될 것 같아 원래
가지고 있던 작은 타르트 팬에 반죽을 옮겨 담고 어떻게든
수습해보았다. 이 와중에 타르트지를 구울 때 필요한 쿠킹
포일도 없다. 대신 유산지를 덮어 누름돌을 담고 타르트지를
구워 식힌 다음 레몬 커드를 담는다. 누름돌에 뭉개져 모양이
망가지고 계획보다 많이 작아진 타르트에는 커드도 아주
조금밖에 담지 못해 남는 것이 대부분이다. 우선 그 상태로
오븐에 넣어버렸다.

　이제 할 수 있는 것은 다 했다. 머리가 터져나갈 듯 화가
나고 빨개지도록 꽉 쥔 주먹으로 분노가 새어나온다. 내가
보기에도 이상할 정도로 화가 나서 견디기가 힘들다. 맨바닥에
누워 심호흡을 하면서 분노를 느끼다가 자포자기 심정으로
오븐 안에서 구워지는 타르트를 확인해보았다. 작은 타르트지
밖으로 레몬 커드가 끓어 넘쳐 이제는 형태도 알아볼 수 없어
이게 타르트인지 오므라이스인지 모르겠다. 이렇게 마지막까지
일관성 있게 발악하는 타르트. 몇 주간 주말마다 비가 왔지만

이날은 이상하리만치 날씨가 정말 좋았다. 햇살이 들이치는 발코니에 서서 다 구워진, 아니 갈 데까지 가버린 타르트가 식는 것을 바라보는데 그 꼬락서니가 너무나 우습고 처참해 화도 안 나는 지경이 되었다. 온갖 고난을 겪고 무시무시한 벌레와 야생 동물들에게 뜯기며 정글을 통과해 나왔는데, 강하고 용맹한 게 아니라 죽기 직전처럼 초췌해진 모험가의 모습이랄까. 당황스럽고 열 받는 주말을 보내고 있자니 굉장히 지치고 피로했다.

저녁을 먹고 나서 냉장고에 보관해놓은 못난 타르트를 꺼내 남편과 나누어 먹었다. 피곤하고 서글픈 마음을 위로하는 것인지 약 올리는 것인지, 그 와중에 맛은 나쁘지 않았다. 아몬드가루를 넣어서 그런지 타르트지가 단조롭지 않은데 대신 잘 부스러지는 것도 같다. 더 단단한 타르트지를 만들기 위해 푸드 프로세서의 날을 다른 것으로 바꿔보거나 그냥 손과 주걱으로 만들어볼까 싶다. 커드는 좀 더 오래 끓였던 나중 방식이 괜찮았던 것 같다. 쿠킹 포일도 꼭 사야겠다. 의연하게 어려운 상황을 잘 이겨내지 못한 것이 안타깝지만 내 분노도 가치가 있고 이유가 있다고 믿기에 후회는 없다. 그렇게 이번 베이킹은 지나갔고 여기저기 마음에 고쳐야 할 곳들이 많아졌다. 그리고 이 타르트는 굉장히 예민하고 화가 많이 나 있는 내 감정의 적나라한 초상이었다.

화가 나느냐 나지 않느냐 하는 것은 어느 정도 의지와도
관련이 있고, 그 간극은 매우 작아서 화나지 않기로 결정하고
문을 닫고 방으로 들어가 앉아 있어도 얇은 창호지 미닫이문
너머로 이글거리는 감정의 열기를 느낄 수 있다. 뒤에서 내
어깨를 톡톡 두드리는 그 기분에 답을 해버리면 언제든 무서운
감정이 벌컥 문을 차고 들어와 나를 집어삼킬 것 같기에, 그
긴장감을 이겨내는 것이 쉽지는 않다. 이제 궁금한 것은, 매일
명상을 하고 나 자신을 위한 베이킹을 하며 인간으로서 가치를
확장해가던 내 모습은 어디에 간 것인지다. 단지 잘하고 싶어서
기분이 상했던 적은 종종 있었지만 이렇게 매번 화가 나는
이유는 무엇일까. 이제 나는 새로운 국면을 맞이한 게 아닌가
싶다. 조금 지친 것도 같고 모든 것에 너무 심각해진 것은
분명하다.

조심스럽지만 편안하게, 이것을 하는 것만으로도 기쁘다는
자세로 무언가를 할 때 나는 이 정도로 분노를 느꼈던가. 큰
기대치나 더 높은 기준 같은 것들이 생겨나면서 즐거운 향유는
고난의 수행으로 변해버리고 말았다. 이 감정의 소용돌이에서
조금 인내하다 빠져나오면 잔잔한 물결이 펼쳐질까. 힘들게
헤엄쳐나올 가치가 있을까. 그래도 애는 써봐야 하는 게
맞는 것 같다. 나 자신의 부정적 면면을 정체성이라 결정하고
그것을 무기력하고 분노 가득한 삶을 위한 변명거리로

이용하는 태도는 매우 위험하다는 이야기를 남편과 나누었다. 화가 나고 기분 상하는 감정을 마주하고 정확히 인지하는 것은 중요하지만, 인지를 했다면 그 기분을 계속해서 느낄지 결정하는 것은 더 중요하다. 며칠간 느낀 분노는 쉽게 가라앉지 못하고 은은하게 타는 숯처럼 나에게 머물러 있다. 바람이라도 불어 불꽃이 커지지 않게, 조용히 모두 연소되어 없어지도록 가만히 두는 마음으로 지내려고 한다.

서늘한 일요일 아침, 차가울 만큼 강한 햇살을 받은 못생긴 레몬 타르트가 사람 좋은 바보 같은 웃음을 하고 세상을 바라본다. 부들부들 다시 한번 참아본다.

세 살 버릇,
그래도 고쳐보기

메밀 초콜릿 칩 쿠키

무슨 이유에서인지는 몰라도, 나는 여러 면에서
순수주의자에 가깝다. 물건이건 음식이건 그것이 존재하게
된 이유, 그리고 시간이 더해준 그것의 가치를 중요시하고
시대적 변화에 오염된 것을 거부하고 피한다. 음식과 디저트에
있어서는 특히나 유난스럽다. 한 음식의 역사와 정통성에
이상한 집착이 있어, 무언가 심하게 변형되거나 이상하게
진화한 것을 보면 기분이 상한다. 가장 젊고 활기찬 나이의
사람들이 붐비는 지역으로 출퇴근한 지 5년이 넘었는데,
보고도 믿기 힘든 그야말로 '끔찍한 혼종' 수준의 음식들을
파는 곳들을 심심치 않게 본다. 감자튀김을 얹어 구운 피자,
치즈를 산처럼 뿌려 쌓아놓은 매운 갈비찜 같은 것 들이다.
봐도 봐도 새롭게 고통스럽다. 최고로 맛있는 이탈리안 피자,
한국에서 가장 맛이 좋다는 불고기 집을 찾아다닐 시간도
부족한데 이래도 되는 것일까. 우리의 식문화는 가장 먼저

디스토피아에 도착해 있는 것이 분명하다.

종종 내 순수주의 태도에 대해 생각하곤 하는데 내가
어떤 이유에서 이런 가치관을 가지게 되었는지 잘 모르겠다.
파운드케이크를 만드는데 갑자기 말차와 초콜릿을 섞어버리면
속상하고, 바스크 치즈 케이크에 단호박을 넣는 것은 정말이지
비극적이다. 베이킹을 하면서 이 사고방식이 나에게 한층 더
고착화되는 것을 느끼는데, 결국에 이게 아집이나 고루한
정신으로 뿌리 박히는 것은 아닐지, 염려가 없지는 않다.
이렇게 베이킹 흥선대원군이 되면 남들은 다 즐기는 사이 나만
놓치는 것도 있지 않을까. 하지만 나에게도 영원한 고집이란
없다. 뭐든 남들보다 늦고 무언가를 잊는 데도 조금 더 오래
걸린다. 세 번 경험해서 느낄 것을 일곱 번 만에 알아낸다.
아무리 좋은 것이라도 내가 나 자신을 설득하기까지는 마음
편히 새것을 받아들이기 어려운 것 같다. 결국 나도 대세에
익숙해지거나 내가 아는 것보다 더 나은 것이 있다는 것도
알게 되지만, 돌아서 가는 길이 답답해질 때가 있다. 미리
알았더라면 그렇게 고민할 필요도 없었을 텐데. 뭐 그래도,
먼 길을 돌고 돌아 충분히 고심한 후 새로운 곳에 도착했을
때, 오래 돌아온 길에서 얻은 기억과 경험, 새로운 감정들도
나쁘지 않은 재산이다. 그렇다고 단호박 바스크 치즈 케이크를
용서하겠다는 의미는 아니다.

베이킹 생활은 어릴 적 미국 슈퍼마켓에서 자주 보던 화려하고 커다란 아메리칸 버터크림 케이크들, 그 노스탤지어 속의 맛을 재현하고 싶었던 데에서 시작되었다. 그래서 오랜 시간 가장 중요한 것은 흔한 쿠키와 케이크의 레시피 중에서도 기본적이지만 가장 맛있는 것을 찾는 일이었다. 조금 새로운 재료나 방식을 시도했다가 자주 실패 하기도 했고, 매일 베이킹을 하지 못하니 성공하는 베이킹만 하고 싶기도 했다.

파운드케이크, 초콜릿 케이크, 애플파이. 이런 평범한 것들을 가장 맛있게 만드는 게 아주 중요하다고 생각하기 때문에 특색 있게 변형된 종류보다는 기본에 충실한 방식과 재료를 우선시한다. 그렇게 몇 가지 레시피를 시도한 후 좋은 레시피를 찾으면 그것으로 정착하는 편이다. 그런데 초콜릿 칩 쿠키는 조금 다르다. 간단한 재료로 만드는 디저트지만 레시피마다 추구하는 식감이나 맛이 다르고, 취향에 따라서도 달라지는 것이라 그만큼 다양한 레시피가 존재하고, 또 기분에 따라 매번 다른 쿠키를 골라 구울 수 있다.

처음 홈베이킹을 하는 사람들이 대부분 먼저 해보는 것이 쿠키이고, 나도 그랬다. 처음으로 오븐을 사고 무엇을 만들지 고민하다가 '초콜릿 칩 쿠키가 가장 기본이지 않나?' 하는 남편 말에 이리저리 인터넷을 헤매다 찾은 미국 레시피를 이용했다. 레시피를 따라가면서도 내가 왜 이 과정을 거치는지, 왜 이렇게 섞는 것인지도 모르고 우왕좌왕하며 쿠키 도우를 만들었던 것이 생각난다. 정말로 경험이 없으니, 10~12분만 구워도 된다는 지시가 마음에 안 들어 15분 넘게 구웠다가 푸석푸석한 쿠키가 나왔다. 그땐 초콜릿의 품질 차이에 대해서도 잘 몰라서 초콜릿 칩도 마트에서 파는 저가 제품을 사서 썼으니 맛이 별로일 수밖에 없었다. 여러 번 해보고 다양한 레시피를 시도하며 새로운 방식을 배우고, 내 오븐의 특성을 이해하는 등 시행착오를 거쳐 제법 노하우가 생겼고, 내가 어떤 초콜릿 칩 쿠키를 좋아하는지도 알게 되었다. 이제는 많이 익숙해져서, 쿠키를 만들어야겠다 싶으면 자연스럽게 재료를 준비하고 별 어려움 없이 도우를 만들어 구울 수 있다.

내가 좋아하는 초콜릿 칩 쿠키는, 일정한 크기의 작고 동그란 형태로 생산되는 보통의 초콜릿 '칩'보다는 판 초콜릿이나 페브(녹여서 쓰기 좋게 만든 초콜릿 재료)를 투박하고 불규칙적으로 자른 '청크(큼직한 덩어리)'가 들어간다. 정확히 말하자면 초콜릿 청크 쿠키다. 가성비보다는 맛을 우선시하는 홈베이킹 레시피에서는, 일반 초콜릿 칩보다는 다크 페브나 판 초콜릿을 투박하게 잘라서 사용할 것을 추천한다. 백설탕에 황설탕까지 들어가거나, 갈색이 되도록 끓인 버터brown butter를 사용하기도 한다. 처음엔 레시피대로 다크 초콜릿을 넣어 만들곤 했는데 몇

번 만들다보니, 다크 초콜릿만 넣으면 쓴맛이 많이 나서 내
입맛에는 너무 진지하다고 해야 할까. 그래서 총 사용량의
30% 정도는 밀크 초콜릿으로 대체하는 것을 선호한다. 쿠키를
굽기 전엔 도우를 30분 이상 냉장하는 것은 필수적인데,
실온의 도우를 바로 구우면 반죽 속 버터가 더 빠르게 녹아
쿠키가 넓찍하게 퍼지기 때문이다. 넓찍한 쿠키가 잘못된
것은 아니지만 그만큼 납작한 쿠키가 되고 그렇게는 다양한
식감을 제대로 느낄 수가 없다. '쫄깃하고 바삭한 테두리에
중간은 도톰하고 부드러운' 이상적인 쿠키가 아니라 대체적으로
납작하고 바삭한 쿠키가 되어버린다. 보통 처음에 굽는 쿠키
몇 판은 덜 냉장된 탓에 더 퍼지면서 모양도 일정하지 않을
수 있는데, 잘 냉장된 쿠키 도우는 많이 퍼지지 않고 원형에
가깝게 구워진다.

외국 베이커가 올린 사진들 속의 쿠키에는 촉촉하게
녹아 반짝이는 '몰튼 초콜릿molten chocolate(초콜릿 웅덩이)'을
종종 볼 수 있다. 그런 먹음직스러운 쿠키의 형태가 기분
좋은 우연이라면 좋겠지만 그것도 나름의 손길을 거쳐야
만들어진다. 잘 몰랐을 땐 소분한 쿠키 도우 위에 자르지
않은 초콜릿 페브를 얹어서 구웠는데 아무리 해봐도 원하는
그 모습이 나오지 않아 의아했다. 계량할 때부터 일부러
따로 분리해 둔 페브를 정성스레 올려 구우면, 쿠키와 함께

넓적하게 퍼지며 갈라지고 결국엔 초콜릿 웅덩이보다는 반죽에 초콜릿이 묻은 것처럼 변한다. 그동안 셀 수 없이 많은 쿠키를 만들고 나서야, 만두피에 만두소를 넣듯 페브를 반 정도 콕 파묻어야 내가 그리는 쿠키의 형태가 나온다는 것을 배웠다. 몰튼 초콜릿 디테일을 얻기 위해서 또 한 가지 중요한 점, 녹는 부분은 다크 초콜릿이어야 한다는 것이다. 쿠키 위의 밀크 초콜릿은 잘 녹지 않고 본래의 모양에서 약간 변형되는 정도다. 밀크 초콜릿에 비해 첨가물이 덜하고 원재료에 가까운 다크 초콜릿이 더 빨리 골고루 녹기 때문에 반짝이는 초콜릿 웅덩이를 원한다면 최소 카카오 함량 65% 이상의 다크 초콜릿은 필수다. 굽기 직전 굵은 말돈 소금을 한 꼬집 얹어주는 것도 중요하다. 작은 한 꼬집이 더하는 변화가 엄청나다.

　시간이 흐르고 반복해서 자주 만드는 것들이 생겨나면서 나도 내 한계치에 다다르고 제2의 쿠키, 제2의 파이를 고려하게 되었다. 새로운 초콜릿 청크 쿠키 레시피를 찾던 중 우연히 스펠트Spelt라는 밀의 한 종류를 이용한 레시피를 발견했다. 그다지 낯설어 보이지 않는 쿠키이기도 하고 궁금한 마음에 만들어보고는 이전에는 몰랐던 맛을 발견하게 되었다. 언제나 중력분만 사용하고, 변화라고는 초콜릿을 바꾸거나 버터를 끓여 쓰거나, 어쩌다 피칸을 더하는 정도였는데 이렇게

새로운 종류의 가루 재료를 써본 것은 처음이었다. 밀가루
일부를 다른 가루로 대체해 만든 쿠키는 다른 차원의 쿠키가
된다. 딱 짚어 말할 수 없는 그 뉘앙스가 있는데 쿠키 속
진하고 강한 초콜릿의 맛과 향을 감싸는 고소하고 깊은 밀의
향이다. 쌀밥과 누룽지의 차이라고 해야 할까. 이 쿠키를 다른
사람들에게 맛보일 때 이 특유의 향이 무엇인지 설명해주곤
했다. 예민하다면 조금 꿉꿉한 냄새가 나서 잘못된 쿠키는
아닌지 생각할 수도 있다. 스펠트는 기원전 5,000년경부터
재배해오던 밀의 한 종류로 청동기시대 유럽에서는 식생활의
중요한 재료였다고 한다.

요즘은 정제된 하얀 밀가루를 벗어난 재료를 통해 다양성을
더하고 건강한 대체제의 활용을 위해 식품계, 특히 제과
제빵 업계에서 고대 곡류에 대해 다양한 활용법을 공유하고
있다. 스펠트, 아인콘Einkorn, 테프, 카무트Kamut 등이 있는데
그중에서 테프 가루는 글루텐 프리 브라우니를 만들 때
사용해본 적이 있다. 어쨌든 새로운 재료의 세계의 입문하여
경험한 이상 더 이상은 일반 밀가루로 만든 초콜릿 쿠키는 못
먹겠다는 생각까지 들었다. 어쩌다 한번 정제된 중력분만으로
만든 쿠키를 먹어보면 똑같이 달면서 깊이는 없는 무감정의
맛이다. 제목은 솔깃한데 표지를 넘기면 아무 내용도 없는
책처럼.

베이킹 책에 초콜릿 칩 쿠키를 여러 개 넣기는 쉽지 않다고 생각하는데, 최근 산 책에는 대표적인 초콜릿 칩 쿠키에 메밀가루를 추가했다. 보통 초콜릿 칩 쿠키 레시피는 고전적인 것을 기본으로 담고 변형된 버전을 추가로 포함하는 경우가 많은데, 메밀이 들어간 레시피를 대표로 골라 넣었다니 과감한 선택이다. 아니면 확실히 더 맛이 좋은 것일지. 새로 산 책에 나온 레시피이다 싶기도 하고, 동시에 분명 해볼 만하다는 생각이 들어 일단 메밀가루를 구했다. 어두운 메밀 색 때문에 쿠키 도우도 탁하다 못해 어둡다. 언뜻 보면 쑥떡인가 싶게 색이 진한 데다 까만 메밀 입자들도 보인다. 굽고 나면 일반 초콜릿 칩 쿠키보다는 조금 어두운 정도지만 위 표면에 따뜻한 구움색이 입혀지면서 오히려 채도가 올라간다. 스펠트로 만든 것도 맛있었지만 메밀은 차원이 또 다르다! 스펠트에서 느끼는 꿉꿉한 향은 없고, 메밀가루의 향이 마치 은은한 보리차나 둥글레차를 연상시키기도 하는데, 그 향이 다크 초콜릿과 놀랍도록 잘 어우러진다. 일반 중력분은 단지 버터와 설탕을 위한 바탕이 된다고 하면 이 쿠키에서는 메밀가루가 주인공이다. 따뜻한 메밀차 첫 한 모금을 마실 때, 가장 먼저 코로 먼저 느껴지는 그 메밀의 향이 쿠키에 담겨 있다. 맛이 강한 초콜릿과 설탕, 버터까지 들어 있지만 메밀의 향이 모든 재료를 감싸는 느낌인데 그렇다고 해서 한국적이거나 오래된

맛이 나는 것은 아니다. 달기만 할 수도 있는 디저트 안에
숨은 짭짤하고 고소한 맛을 이끌어내 쿠키를 한층 어른스럽고
세련되게 만들어준다. 보통 견과류를 제과에 사용할 때는
오븐에서 미리 한번 구워주면 그 향이 배로 깊어지는데,
그런 은은하지만 확실한 변화와 비슷하다. 밀가루와 버터,
설탕으로만 이루어진 익숙한 느낌이 아니라 체계적으로
쌓아올린 복잡하고 완성도 높은 맛. 굉장한 충격이었다.
이후로 의욕적으로 반복해서 이 쿠키를 만들고 이제는 이것이
나의 표준 레시피가 되었다. 스스럼없이 변화를 받아들이고 그
변화의 결과가 만족스러운 기준이 되는 이런 경험이 나에게 큰
인상을 남겼다.

　'가장 좋아하는 것'을 발견하게 되는 것은 정말로 고마운
일이다. 시간이 흐를수록 점점 더 느끼기 어려운 감정이기
때문이다. 좋아하는 영화와 책, 음식점과 여행지에 대해
생각할 때면 삶에 대한 의욕이 생겨나듯, 든든한 레시피를
가지게 된다는 것은 내 정신을 부유하게 만들어준다. 미뤄왔던
변화를 시도해 마음에 드는 경험을 하고 나니 조금은 용기가
난다. 그날따라 가보지 않았던 길로 방향을 바꿔보았는데
있는지도 몰랐던 아름다운 나무를 발견하는 경험. 그다음
날에도 그 길로 가보고 그 나무에 한 번 더 감탄할 내일을 또
기약한다. 한 번씩은 다시 가던 길로 가면서 다음에 찾아갔을

때 변해 있을 나무를 상상한다.

　도처에 보이지만 내게는 못마땅하고 또 두려워서 애써 외면하는 크고 작은 변화들이, 또 먼 길을 돌고 돌아 도착했을 때는 어떤 모습으로 내 삶의 일부가 될까. 두렵기도, 귀찮기도, 기대되기도 한다. 진작 알았다면 좋았을 것을! 흘려보낸 시간을 아쉬워하고, 그냥 떠나보낸 기회들을 후회하며 주어진 변화를 바라만 보는 실수만 하지 않으면 좀 천천히 배워도 괜찮겠다. 계절이 바뀌고 찾아간 그 나무는 여름 내내 풍성했던 이파리를 떨어내고 향기롭게 빛나는 열매들을 내어놓고 있겠지.

꿈속에서 머무는
베이커리

그곳에서의 하루

　오직 나만을 위해 케이크를 만든다면 어떤 모습일까.
아무렇게나 바른 아이싱에 깨끗하고 대담한 면이 공존했으면
좋겠고, 꽃으로도 장식해보고 싶은데, 아기자기하지만 세련된
장식도 있다면 좋겠다. 케이크의 속은 스프링클이라면
좋겠는데 그것 말고 한가지 맛이 더 있으면 좋겠다.

　이런저런 케이크를 만들어왔지만 잘 모르겠다. 내가 가장
좋아하는 케이크는 어떤 것인지. 내 마음의 소리만을 담아
만들어본 적이 있나. 케이크의 최고봉은 초콜릿 케이크지만,
바닐라 같은 기본적인 맛에는 다양한 버터크림과 필링이 쉽게
잘 어우러져서 좋고, 잘 만들어진 레드 벨벳도 한번 맛보고
싶고, 가끔은 체리가 들어간 케이크도 궁금하다. 제누아즈와
생크림 베이스의 먹는 듯 마는 듯 가벼운 케이크는 나와 맞지
않는다. 얼그레이 같은 티 베이스로 만들어 은은한 향이
좋은 케이크들도 있다. 이런 맛들이 섬세한 감정을 떠올리게

해주기는 해도 정말로 케이크가 고플 때 나에게 떠오르는 종류가 아니다. 딱 하나만 고르기엔 불가능한 케이크와 디저트의 세상.

오직 나를 위해 존재하는 베이커리가 있다는 벅찬 상상을 해본다. 이 세상에, 또는 꿈속에서, 누군가가 오직 나만을 위해서 빵을 굽고 케이크를 만들고, 어느 하나 내 맘에 안 드는 것이 없는 꿈속의 그곳에는 어떤 디저트가 있을까.

베이커리에 도착했는데 지금은 아침이기 때문에 막 구워서 내 놓은 크루아상이 있을 것이고, 애플 턴오버, 또는 쇼송 오 폼(프랑스식 사과 파이)은 필수적이다. 크루아상은 아침으로 먹고 쇼송 오 폼은 베이커리를 나서서 길을 걷다 먹고 싶다. 페이스트리 파트가 풍성하면 좋겠지만 사실상 필요한 것은 그 두 가지인 것 같다. 아침이기에 하드 계열 또는 식사 빵들이 나오고 있다. 사워 도우와 바게트, 식빵 딱 한 가지씩만 있으면 되는데 대신 빵에 곁들일 과일 잼이나 스프레드, 꿀이 있다면 좋겠다. 사워 도우 한 덩이 정도면 일주일 내내 먹을 수 있고, 한주 내내 토스트 먹을 생각에 눈을 뜨자마자 행복하겠지. 아침의 토스트는 어떤 식으로 먹어도 맛있지만, 토스터에서 바로 나온 사워 도우에 버터를 바르고 꿀을 뿌린 다음 소금을 얹어 먹는 것은 가장 큰 기쁨이다. 내 삶의 마지막 식사로도 부족함이 없을 것 같다. 하얗고 부드러운 식빵을 두툼하게 썰어 토스터에 구워 먹을 땐 또 역시 겉은 까슬하고 속은 부드러운 식빵도 대단하다고 느낀다. 아침 일찍 토스트를 먹을 때면, 빵을 먹을 수 있는 내 삶이 너무 좋다는 생각에 빠진다.

토스트와 함께하는 내 일주일을 상상하며 행복에 빠져 있는 사이 따뜻한 버터 스콘이 나왔다. 목이 메는 빡빡한 스콘을 가방에 가지고 다니다가, 아까 본 잼이나 스프레드와 함께 먹고 싶다. 런던에 살 때 자주 가던 카페 겸 레스토랑에는 꽤 넉넉한 빵 선택지가 있었는데, 테이블마다 과일 잼은 물론이고 프랄리네, 초콜릿 등의 스프레드류가 있어서 주문한 빵이나 스콘에 양껏 발라 먹을 수 있었다. 그게 그곳에 가는 이유였다.

놓치고 지나갈 뻔했던 블루베리 머핀도 보인다. 키가 작지만 운동 능력 좋아 뵈는 직원이 오늘 나온 빵과 페이스트리를 하나씩 확인한다. 벽에 걸려 있는 커다란 종이 말이에서 은은한 노란색 종이를 힘껏 길게 잡아 뺀다. 그 종이에 메뉴를 적어 내려가는데 모든 글씨는 대문자 영어이고 가격은 메뉴를 적는 직원이 임의로 정하는 모양이다. 명필은 아니지만 또렷하고 분명하며 일관성 있어 잘 읽힌다.

오늘의 메뉴가 완성되고 방금 구워져 나온 시나몬롤의 향이 베이커리를 가득 채운다. 길을 가던 행인들은 그 냄새에 이끌려 들어오거나 바삐 가던 사람들은 입구 앞에서 발걸음을 늦춰 큰 숨을 들이쉬며 그 향을 만끽한다. 5분이 흐르는 동안 몇 명이나 시나몬롤 향에 멈칫하는지 세어보다가 그만 숫자를 놓쳐 멈추고 마음에 드는 테이블에 자리를 잡는다.

뜨겁고 진한 커피를 크고 넓찍한 잔에 담아 조금씩 마시다가 토스트가 구워져 나오면 함께 먹는다. 큼직한 사워 도우 토스트를 반쯤 먹었을 때, 뜨거웠던 커피가 한 김 식어 입안 가득 한 모금으로 메는 목을 꼴깍 넘겨본다. 볕이 잘드는 창가 자리에는 나보다 일찍 방문해 있는 노신사가 동그란 뿔테 안경을 쓰고 신문을 읽고 있는데, 고개는 신문을 향한 채로 나머지 한 손으로는 커피잔을 집으려 테이블 위 허공에 손을 몇 번 휘젓다가, 결국 고개를 들어 심술 궂은 표정으로 커피잔을 바라본다. 어렵게 집어든 커피잔을 들어 한 모금 마시고 내려놓은 뒤, 얼마 안 가 또다시 손으로만 커피잔을 찾으려다 실패하기를 반복한다. 손이 쉽게 닿을 수 있도록 잔의 위치를 옮길 생각은 없는 모양이다. 오히려 저 불편함을 즐기고 있는 것 같다. 또 다른 테이블에는 상념에 빠진 듯한 중년의 여성이 강한 아침 해와 그림자가 만나는 곳에 자리잡고 있다. 상반신은 그림자 속에, 하반신은 창으로 들이치는 긴 볕 안에 있다. 노트에 무언가를 끄적이다 또 그리다가, 턱을 괴고 멍하니 있기를 반복한다. 길고 구불거리며 약간은 희끗해진 머리카락을 묶어보기도 풀러보기도 하며 편안해지려 애쓴다. 미간을 가볍게 찌푸리고 골똘히 생각하지만 별생각 안하고

있는 것이 분명하다. 어쩌다 한 번씩은 집중해 글을 쓰다 다시
한번 읽어보고는 테이블 위에 놓여 있던 쇼송 오 폼을 한입
크게 베어 문다. 페이스트리 크러스트가 우수수 떨어지고
가득한 애플 소스가 빠져나왔다. 소중한 쇼송 오 폼을 먹는
동안 커피 마시는 것을 잊고 있다가, 아직 많이 남은 커피를
발견하고 연거푸 몇 모금 마신다. 먹는 것과 마시는 것의
비율을 맞추려는 것 같다. 이 시간에 이렇게 나와 앉아 여유
있게 커피를 즐기고 빵을 먹는 사람들은 뭐 하는 사람들일까.
　창문과 멀리 떨어진, 아직 아침 볕이 다다르지 못한
베이커리 맨 안쪽 어둑한 테이블엔 새벽부터 나와 빵을 굽던
수습 베이커가 허겁지겁 매우 진심을 다해 아침식사를 하고
있다. 구운 빵에 버터를 두껍게 바르고 —버터를 덩어리째
올린다는 표현이 더 맞겠다— 한입 베어 물고, 다음에는
산딸기 잼을 발라 또 한입 먹는다. 두 가지 방법을 번갈아
가며 규칙적으로 먹는데 중간중간 마시는 커피도 규칙적이다.
그 사람을 구경하느라 어둠에 눈이 적응하니, 빵과 사람
구경하느라 보지 못했던 가게의 부분부분이 눈에 들어온다.
바닥은 검은색과 흰색의 타일이 번갈아 깔린 체스 무늬이다.
크지도 작지도 않은, 많게는 세 명도 둘러 앉을 만한 크기의
진한색 나무 원형 테이블들이 여럿 있고, 전체적인 공간은
현대적이지도, 고풍스럽거나 낡아 보이지도 않는 모습이다.

이곳이 오래된 전통을 가진 곳인지, 지난주에 오픈한 곳인지 알기가 어렵다. 외관은 진한 피스타치오 색인데, 멀리서 보면 눈에 띄지만 가까이에선 평범하다. 주인인지 직원인지 모르겠지만 누군가가 페인트가 떨어지거나 긁힌 곳을 살피며 정성스럽게 덧칠을 하고 있었다. 내부의 벽은 나무로 되어 있는데 꽤 오래전에 바니시 칠을 한 듯 광택은 그다지 없다. 입구에서 가게 안쪽까지 이어진 나무 카운터는 검정과 흰색이 섞인 대리석으로 상부가 마감되어 있고 전면에 유리로 만든 낮은 가림막이 있다. 가림막 너머로 갓 구운 페이스트리들이 차곡차곡 진열되어간다. 가게는 남쪽을 향해 있어 해가 떠 있는 한 어떤 식으로든 볕이 든다.

이렇게 아침 시간을 보내고 잠시 근처에 가서 일을 보고 나니 정오가 되었다. 다시 찾아온 베이커리의 쇼윈도 전면엔 아침에 판매하던 다양한 하드 계열의 빵 대신 초콜릿 아이싱이 투박하게 올라간 초콜릿 케이크가 나와 있다. 진한 분홍색 초도 꽂혀 있을 것이고, 축제 분위기의 스프링클 장식도 올려져 있다. 그 옆엔 스푼 뒷면으로 무늬를 낸 듯한 레드 벨벳 케이크가 있다. 크림치즈 아메리칸 버터 크림에 빨간 케이크 시트로 만들어졌다. 그 옆으로는 무슨 맛인지 모르겠지만 하늘색 버터크림 케이크가 있어 한 조각 잘라서 보면 속은 진한 초콜릿 케이크이고 시트 사이사이에 있던 진한 캐러멜 소스가 흘러나온다. 맛을 보면 얼그레이 버터크림의 런던 포그 케이크다. 차이 티로 맛을 낸 버터크림이 얹어진 카다몸 케이크는 낮고 널찍한 시트 케이크 형태로 만들어져 있다. 급하게 생일 케이크가 필요하다면 가져갈 수 있는 스프링클 케이크도 있다. 레인보우 스프링클이 박힌 시트에 흰색 버터크림, 그 위로는 초록색 파이핑 장식을 해놓은 케이크에는 풍선 모양 토퍼를 올려달라고도 할 수 있다.

가게로 한 걸음 들어가면 작은 카늘레들이 진열되어 있고 원하는 것을 고르면 몇 개가 딱 들어갈 만한 작은 상자에 담아준다. 3개를 골라 상자에 담으니 반짝이는 광택의 단단한 표면에 그 모습이 영롱한 보석 같다. 많은 카늘레 중 딱 몇 개만 고르니 그것이 그렇게 소중하게 느껴질 수가 없다. 평소에도 길을 걷다 들어간 곳에서 카늘레를 팔고 있으면 꼭 사고 싶어진다. 우연히 발견한 가게에서 오랜만에 마음에 드는 목걸이를 찾은 기분이다. 카늘레 진열 근처에는 진한 브라우니가 가득 담긴 트레이가 있다. 브라우니는 한 가지 맛만 있으면 된다. 7~8cm 길이의 정사각형으로 정확하지는 않게 자른, 특별한 맛을 더하지 않은 초콜릿 브라우니. 그 옆에는 크림치즈와 바닐라빈을 넣어 만든 바닐라 파운드케이크가 있는데 어쩐지 내가 만든 것처럼 익숙한 맛이 나면 좋겠다. 방금 구워 나온 초콜릿 청크 쿠키는 어린아이 얼굴만 한 크기에 겉은 바삭하고 가운데는 부드럽거나 쫀득하다. 입자가 굵은 몰든 소금이 조금 뿌려져 있고, 여전히 녹고 있는 몰튼 초콜릿이 반짝이며 손을 대기엔 아직 부드럽고 연약한 모습이면 좋겠다. 갓 구워져 나온 쿠키의 냄새는 인간의 원초적 욕구에 답하는 노랫소리처럼 매혹적이다. 그 옆으론 시나몬 향 가득한 스니커 두들 쿠키, 다크 초콜릿과 오렌지 필이 박혀 있는 쇼트브레드도 있다. 작은 쇼트브레드 쿠키는 5개씩 판매한다. 손이 많이 가는 애플 크럼블 쿠키는 하루에 30개만 판매한다.

다양한 컵케이크가 있어도 좋겠다. 현란한 파이핑 스킬로 장식해놓은 컵케이크 말고 스패튤러로 아이싱을 얹어 투박하지만 자신 있게 마무리한 바닐라, 초콜릿이면 될 것 같다. 바닐라에 초콜릿 아이싱, 초콜릿에 바닐라 아이싱도 좋고 초콜릿 아이싱 위에는 설탕으로 만든 은색 구슬들이 몇 개씩만 올려져 있다면 좋겠다. 다양한 파이도 있어야 한다. 애플 파이, 피칸 파이, 초콜릿 크림 파이, 키 라임 파이, 체리 파이… 애플 파이를 주문하면 따뜻한 파이에 메이플 피칸 아이스크림을 얹고 거기에 시나몬을 뿌려 내어준다. 아이스크림이 없어질 때까지도 여전히 파이는 따뜻하다. 초콜릿 크림 파이는 그래엄 크래커 시트를 꽉꽉 눌러 담아 구웠고, 초콜릿 푸딩 필링을 채우기 전에 얇은 다크 초콜릿 가나슈를 펴 바른다. 묵식하게 담은 푸딩 필링 위에는 휘핑크림을 얹고 밀크 초콜릿 컬을 뿌려 마무리했다.

아까 본 브라우니에 아이스크림을 추가하면 따뜻하게 데운 브라우니에 바닐라 아이스크림을 크게 얹어서 내어주는데, 아이스크림이 조금씩 녹아 접시로 흐르기 시작하기를 기다렸다 먹으면 된다. 유리문으로 된 냉장고에는 초콜릿 푸딩이 있는데 푸딩을 주문하면 빈티지 아이스크림 볼 같은 것에 담아 샐러즈베리를 아무렇게나 얹어 내어준다. 달걀 노른자가 많이 들어간 듯 묵직하고 부드럽다. 꾸미지 않은 듯 작고 평범한 몽블랑도 있다. 밤 크림 아래로는 샹티이 크림이 한가득, 그리고 바삭한 머랭 쿠키가 아래 깔려 있다.

한바탕 쿠키가 더 구워져 나온다. 피스타치오 페이스트를 넣고 체리를 얹어 마무리한 쿠키도 있고, 코코넛 마카룬 쿠키도 나왔다. 오후에 티를 마신다면 더할 나위 없이 좋은 쿠키들. 높이가 낮은 선명한 태양빛의 우아한 레몬 타르트도 있다. 무료하거나 처지기 시작하는 오후에 정확히 필요한 그것이다. 늦은 오후가 되니 드디어 기다렸던 에클레어가 등장했다. 널찍한 쇼케이스를 채우는 다양한 에클레어 군단에는 초콜릿, 피스타치오, 커피, 바닐라 등 다양하고 진한 맛의 크림을 채운 것들이 있다. 작은 진주 알갱이 같은 장식이 얹어져 있는데, 카늘레가 보석이라면 에클레어는 마치 새

구두들처럼 매혹적이다. 신으면 30분도 안 되어서 발이 아픈
예쁜 구두들. 누군가가 특별히 주문해 놓았는지, 멋들어진
생토노레도 나와 있다. 늦은 오후가 되면서 낮아지는 해에
어두웠던 가게 가장 안쪽까지 붉은 햇살이 닿는다.

　해가 지기 직전 홀 내 조명들이 켜지면 하루를 마치고
찾아온 사람들이 들뜬 표정으로 하나둘씩 들어온다. 저녁식사
뒤에 즐길 디저트, 생일 파티를 위한 케이크 등을 고르는데
단연 에클레어의 인기가 대단하다. 근처에서 식사를 마치고
온 손님들은 카늘레나 쿠키를 고르고 때에 따라 몽블랑도
산다. 어린이들에겐 역시 컵케이크다. 손님마다 원하는 것도
정확하고 다양해서 고민하느라 시간을 보내는 사람이 많지
않다. 필요한 것을 구매하고 바삐 각자 갈 곳으로 흩어진다.
이곳에서는 그 누구도 디저트를 대량으로 사재기하지 않는다.
필요한 만큼, 먹을 만큼 고르고 혹시나 뒷손님이 사려던
디저트가 하나만 남아 있다면 기꺼이 양보한다.

　시간이 늦어질수록 쇼케이스의 디저트는 점점 줄어들고,
디저트보다는 부스러기들이 더 많아지기 시작하면 가게
안의 테이블도 하나둘씩 비워져간다. 하루 종일 있으면서도
의식하지 못했던 웅웅대는 오븐 소리와 바쁘게 돌아가던 믹서
소리도 사라져 사람들의 조용한 숨소리가 들리기 시작하고,
켜놓은 줄도 몰랐던 잔잔한 음악 소리가 들리기 시작한다.

헐레벌떡 가게를 찾아온 한 손님이 숨을 고르며 미리 주문해놓았다는 디저트를 달라고 직원에게 이야기한다. 그러자 덩그러니 혼자 남아 있던 생토노레를 손님에게 건넨다. 시간이 없는 와중에도 그 손님은 연신 감탄을 하며 고맙다고 이야기하고 이리저리 살펴보며 만든 사람에게 칭찬과 감사의 말을 전해주길 부탁한다. 직원은 그것을 상자에 담아 빨간 리본으로 묶어 그 손님에게 전달하고 그 손님은 다시 한번 고마움을 표하며 급히 가게 문 밖으로 사라진다.

　디저트가 거의 다 팔렸지만 직원들은 급하게 문 닫을 준비를 하지는 않는다. 혹시나 마지막으로 디저트가 필요한 손님이 눈치를 보거나 미안해할까 그러는 모양이다. 마치 반나절은 더 영업할 것처럼 부산하지 않게 일하고 있다. 바쁘게 돌아가던 기계음이 사라진 후, 한참 바쁠 때보다도 더 열심히 가게를 돌보는 것 같다. 나도 일어날 채비를 한다. 그러자 신문을 보며 커피잔을 잡지 못하던 노신사, 고뇌하며 글을 쓰던 중년의 여성도 따라 일어난다. 문을 잡고 서 있던 나를 보는 둥 마는 둥 노신사는 미묘한 움직임으로 고개를 숙여 인사를 하고 들리지 않게 두어 마디 중얼거리며 가게를 떠난다. 중년의 여성은 나를 향해 미소를 지으며 고맙다고 말하지만 눈을 마주치지는 못하고 서둘러 나간다. 나는 앉아 있던 테이블에 두고 온 것이 없는지 뒤돌아 한번 확인하고 디저트 가게를 떠난다. 걸어오는 동안 집에 가서 먹으려고 포장한 커피 에클레어와 쿠키들이 잘 있는지 확인해보니 그것 이외에도 브라우니와 피칸 파이, 초콜릿 푸딩까지 들어 있는 것을 발견했다. 내가 산 기억은 없는데 어쩌다 이것까지 들어 있을까. 궁금하지만 우선 가던 길을 간다.

내일도 그곳을 찾아가 봤던 사람들을 또 만나고, 항상 나오는 디저트를 확인하고 새로운 디저트를 맛볼 수 있도록 변함없이 그곳에 있을 내 꿈속의 베이커리. 그 베이커리는 내가 다니는 길에서 벗어나 꽤 먼 곳에 있지만 지름길을 알고 있다면 빨리 찾아갈 수 있다. 그렇지만 지름길이랍시고 침착하게 집중하지 않으면 복잡한 골목에서 막다른 골목에 다다를지도 모른다. 그곳은 시간을 보내면 보낼수록 잊었던 기억을 떠올리게 해주고, 사람에 대해 더 좋거나 더 나쁘거나, 새로운 생각을 갖게 해주기도 한다. 베이커리 카운터 뒤 거울에 비친 나의 모습을 보고 나도 몰랐던 내 버릇을 깨닫기도 하고, 내가 고르는 디저트를 통해 내 존재의 이유를 탐구하기도 한다.

이 베이커리에서 일하는 사람들은 하루의 일을 마치자마자 잠도 필요 없다는 듯 내일을 준비한다. 이들은 하루도 쉬지 않고 매일 빵을 생각하고 케이크를 구상하고 에클레어를 만들며, 살아가는 데 꼭 필요하진 않더라도 누군가가 그것을 원하는 순간들을 위해 살아간다. 자기 자신 그대로 빈함 없이

살아온 노신사, 끊임 없이 자신을 성찰하며 창작하는 여성,
아무리 바빠도 아침만은 사수하는 제빵사, 빠듯한 시간에도
친구를 위해 반드시 멋진 케이크를 선물해주겠노라 계획하는
손님을 위해 이 베이커리가 존재한다. 베이커리의 공간과 그
안의 스태프, 디저트, 빵, 그리고 드나드는 손님들의 움직임과
소리, 디저트를 바라보는 행복한 눈빛은, 멜로디가 없지만
묘하게 맞아 떨어지는 박자와 음계로 만들어진 형태 없는
음악처럼 돌고 돈다.

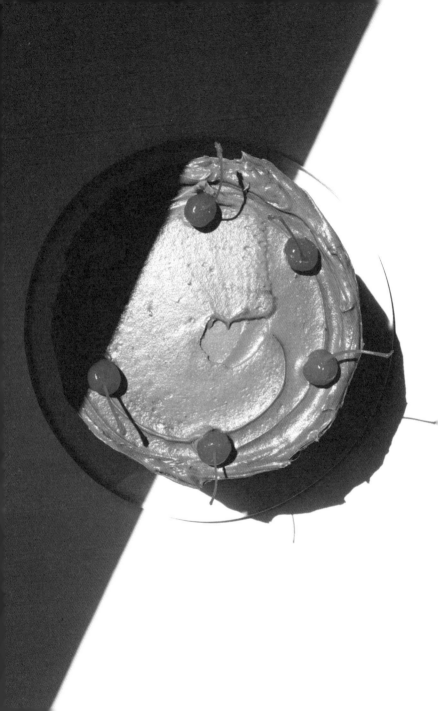

마라시노 체리에 대한
단상

중식당의 웨이트리스와 나

투명한 유리병 속 시럽에 줄기까지 빨갛게 물든 체리 절임, 마라시노 체리. 어린 나의 마음을 훔치던 반짝이는 병 속 가득한 달콤한 체리의 모습.

뉴욕 버팔로에 있는 우리 가족의 단골 중국 음식점. 변함 없이 우리를 반겨주던 웨이트리스는 어김없이 바쁘지 않은 틈을 타 나를 찾아왔다. 나를 번쩍 들어 안고 다른 손님 몰래 바 카운터 뒤로 데려가, 한 팔로는 나를 들고 다른 손으로는 스테인리스 보관 용기를 열어 그 안을 채우고 있는 눈부신 핑크빛의 체리 하나를 꺼내 내 입에 쏙 넣어주곤 했다. 테이블로 돌아오는 나의 작은 손엔 칵테일 장식용 종이 우산 하나가 쥐어져 있었다. 무슨 이유에서인지 그 바 뒤에서 무슨 일이 났었는지는 엄마 아빠에게 말하지 않았고, 그것은 나와 그녀만의 비밀이었다.

어두운 바 뒤편의 작고 아늑한 공간의 조명과 적막 속에서 맛보던 체리는 내 어린 시절의 하이라이트로 남아 있다.

자연스레 이 마라시노 체리는, 나의 가장 오래된 기억과 지금의
나 사이를 잇는 비밀스러운 지름길이 되었다.

　지금도 케이크나 아이스크림에 얹어진 빨간 마라시노
체리를 볼 때면, 생각하지 않아도 몸으로 느껴지는 아련함이
있다.

모르면
모르는 대로

체리 피스타치오 케이크

책을 읽다 쉬다 다시 읽고 또 쉬는 사이 내용을 잊어버려서
또다시 읽느라 끝나지 않는 마지막 챕터처럼 좀처럼 끝나질
않는 겨울의 끝자락이었다. 이 길고 긴 계절이 영원할 것이라는
암담한 마음과, 결국은 오고야 말 새 계절에 대한 설렘이
뒤섞여 있던 지난 2월. 10년 가까이 알고 지낸 지인으로부터
전화가 왔다. 어른이 되어 만난 사람을 친구라고 부르기
어색한 것은 나도 마찬가지다. 언제라도 연락하면 망설임 없이
만날 수 있고 만나서도 어색하지 않게 몇 시간이고 대화를
나눌 수 있는 친분은 맞지만, 이렇게 전화를 하는 사이는
아니다. 궁금한 마음으로 받은 전화 너머로 간단하게 안부를
물은 그는, 곧 동업자와 함께 카페를 오픈한다는 소식과 함께
그곳에서 판매할 디저트에 대한 이야기를 나누고 싶다고 했다.
1년에 두어 번 연락을 주고받을까 싶고, 자기 생활을 소셜
미디어 등에 드러내는 편도 아니기 때문에 그동안 그의 삶에

대해 모르는 게 당연했다. 그런데 하필 이런 때에 멀쩡한 직업, 괜찮은 삶을 두고 갑자기 카페라니. 이야기를 들어보니 연락이 뜸했던 지난 1년여간 커피며 티, 와인에 대해서 여기저기 다니며 배우고 공부했다는 것이다.

카페는 서울 용산 어딘가에 오픈할 계획이고, 공간도 꽤 멋지다고 한다. 대체적인 설비와 가구 등은 직접 만들거나 주문 제작했으며, 가게 이름은 어떻게 할 것이고 이런 아이템을 판매할 예정이라고 했다. 언제 오픈 예정이냐고 물으니 '3주 조금 안 남았다'라고 한다. 이럴 수가. 몇 달씩 준비해도 확신할 수 없는 것이 음식 장사인데, 3주 이내로 디저트를 결정해서 확정해야 한다니. 놀란 마음을 감추고 할 수 있을 거라고 말하고 싶었지만, 그 대신 나도 모르게 깊은 한숨이 섞인 대답이 나왔다. '어려울 텐데…'

며칠 후, 아직 준비 중인 카페를 찾아갔다. 도로를 에워싼 새 고층 빌딩들 속 빈 사무실들은 형광등 불빛을 뿜어내고 있다. 큰 도로를 따라가다 낡은 상가 건물들이 있는 길로 꺾어 들어가니 휑한 2차로 골목길이 나타난다. 알려준 주소지에 건물이 보였다. 아주 낡지는 않았지만 오래되긴 했다. 1층에는 이미 카페가 있는 데다 엘리베이터 없는 5층이라 접근성도 없는데 괜찮을까. 평소에도 일부러 계단을 이용하지만, 막상 어둑한 계단을 따라 올라가려니 어색하다. 5층에 다다르니

카페는 보이지 않고 굳게 닫힌 철문만 보인다. 휑한 동네의
평범한 건물, 차가운 계단과 철문까지, 눈에 보이는 모든 것이
찾아가고 싶은 카페와는 거리가 있는 것들이다. 문을 열고
들어가니 예상치 못했던 널찍하고 탁 트인 공간에 이어 곧바로
벽 두 면을 가로지르는 커다란 창문, 아니 그보다는 창문
밖으로 보이는 도시 풍경이 눈에 들어왔다. 평일 퇴근을 마치고
찾아간 것이라 피곤했던 눈에 차가운 안약 한 방울이 떨어진
느낌. 평범한 듯하지만 어딘가 독특한 의자와 테이블, 어디서
본 듯한, 하지만 특별하게 마감된 나무 소재가 눈에 띈다.
스스로 했다길래 소박하고 엉성한 매력을 선보이는 곳일까
상상했던 것은 잘못이었다.

낯선 곳에서 지인과 인사를 나누고, 설렘과 긴장감이 뒤섞인
목소리로 해주는 설명을 들으며 동시에 눈으로는 빠르게
이곳저곳을 관찰했다. 직접 디자인하고 특별 제작했다는
테이블을 사이에 두고 앉아 카페에서 판매할 디저트에
대해 이야기를 나눴다. 카늘레와 다쿠아즈, 치즈 케이크를
하고 싶고 베이킹은 잘 모르지만 직접 만들 것이라고 한다.
카늘레도 본인이 직접 구우면 될 것 같다고 한다. 화들짝
놀라 카늘레는 제대로 만들 거면 정말 쉽지 않으니 하려거든
납품을 받는 게 어떠냐고 거의 말리듯 조언했고, 다쿠아즈는
여기 분위기와 잘 안 맞을 듯하다고 했더니 그러냐며 골똘히

생각하는 눈치였다. 뭘 하더라도 생산과 관리가 쉬운 것으로 하라며 내가 아는 레시피도 알려주기로 했다. 디저트 담당 직원을 반드시 뽑는 게 좋을 거라는 첨언도 했다. 음료 제조와 서빙도 본인들이 직접 할 것이고, 저녁 시간 와인과 판매할 음식도 마찬가지라고 한다. 이런저런 이유에서 이것보단 저게 낫고 이런저런 선택지가 있을 것 같다는 조언과, 가능한 선에서 내가 최대한 도와주겠노라는 이야기까지 하고 그곳을 떠났다. 걱정이 앞서는 것은 어쩔 도리가 없었다. 오랜 시간 변함이 없고 편해서 좋아하는 사람인데, 오래 준비한 일이 잘 풀리지 않으면 어쩌나.

카페를 오픈한다는 것, 그동안 조용히 준비해왔다는 것, 이런 공간을 찾았다는 것보다도 놀라운 점은 전문 분야도 아닌 것들까지 DIY로 해왔으며 앞으로의 운영도 그렇게 할 것이라는 그들의 자신감이었다. 사실 한편으로는 그게 자신감이라기보다는 모르는 게 약이 된 경우가 아닌가 싶었다. 창밖으로 주변을 둘러보며 이 근처에 인기가 대단한 카페가 몇 군데 있다고도 말한다.

그 이후 종종 진행 상황에 대한 소식을 받았는데, 원래 계획대로 3주 후에 카페를 열지는 못했다. 두 사장님이 스스로 하는 게 많다보니 어쩔 수 없었던 것 같다. 이런저런 업체를 추천해주었으니 납품을 알아보고 있을 거라 생각했는데 오픈

전 어느 날, 자기가 만든 카늘레가 나쁘지 않다는 이야기를 했다. 결국 하는구나, 그러면 프랑스산 동 틀에 왁스 칠까지 일일이 해서 정말 그렇게 만드는 거냐고 물으니 그건 아니고 쉽게 만들 수 있도록 나온 코팅 팬에다 만든다고 한다. 분명 내가 가진 딱 한 번의 경험과 견문으로는 진짜 카늘레는 그렇게 할 수가 없을 텐데…. 본인의 업장에서 판매할 제품이 본인 마음에 든다는 것에 딴지를 걸 수도 없었다. 저녁 시간대의 셰프도 구했냐고 물으니 아직이란다. 그냥 자기네가 할까 한다고 한다. 그쯤부터 별다른 걱정은 하지 않기로 했다. 걱정이 없는 사람에게 굳이 짐을 얹어줄 필요는 없을 것 같았다.

오픈 전에 자주 들러 디저트 생산 테스팅도 하고 이런저런 도구들을 주문해 카페로 보내다보니 어느덧 오픈날이 되었다. 어찌 되었는가 물어보니 아직 여유롭지만 신기하게 찾아오는 사람들이 있고, 분위기가 긍정적이라고 한다. 얼마 지나지 않아서 그곳은 주말이면 전 테이블이 꽉 차는 카페가 되었다. 달리 직원도 없었던 두 사장님이 진땀을 빼며 일하고 있었는데, 대기하는 손님까지 생겨났다. 투박함과 정돈된 모습이 어우러진 이곳은 어느샌가 멋지고 독특한 공간으로 유명해져 그야말로 '요즘 잘나가는' 카페가 되었다. 이렇게 저렇게 굴러가는 정도가 아니라 화제의 카페가 되었고 심지어 카늘레가 맛있는 집으로 알려졌다. 최고의 카늘레라는 언급이 후기에 심심치 않게 보이기 시작한 것이다.

한숨 돌린 가벼운 마음에 많은 생각이 들기 시작했다. 새로운 가게를 열고 사업을 시작하기에 정말 어려운 이 시기에, 그것도 주변 경쟁 상대가 있는 지역의 엘리베이터 없는 5층에 카페를 연다는 이야기에 누가 선뜻 좋은 생각이라고 할 수 있겠나. 가게 목이 좋고 운과 타이밍까지 따라줘도 불안한 비즈니스를 아무것도 확신할 수 없는 상태로 개시한다는 것은 고난을 자처하는 것으로밖에 보이지 않았다. 그런데 불안한 예상을 깨고 카페는 지금까지 몇 달째 성업 중이다. 카페를 연다고 하니 '갑자기 왜? 지금?', 엘리베이터 없는 오래된 건물 5층이라니 '누가 오겠어?' 집기도 스스로 만들었다는 말에 '쓸 수나 있는 것일까?', 카늘레를 직접 만들어 판다는 말에 '쉽지 않을 텐데?', 모든 것이 섣부른 판단이라 생각했던 내 주관이야말로 우스운 기우였다. 챙겨야 하는 자잘한 것들을 짚어가며, 이런 것은 어떻게 해결할 거냐는 질문에 '하면 되지 않을까?'라고 자신감으로 일관하던 그 사람의 표정이 보여준 것은 단순히 낙관적인 자신감이 아니었다. 어려움이 있을 것을 인지하지만 필요한 것이 있다면 만들고, 만들 수 없다면 구하고, 구할 수 없다면 다른 선택을 하는 행동력에 대한 확신이었다. 수많은 일거리 하나하나를 진지하고 심각하게

고민해가며 모든 단계를 무거운 짐으로 만들지 않는 것이
나에게도 가능할까. 할 수 있을 것 같아서 하는 게 아니라
반드시 해야 해서 하고 마는 실행력이 나에게 있을까. 안 해본
일은 당연히 어려울 수밖에 없다는 당연한 것을 인정하고
그럼에도 노력을 할 지구력이 있을까.

　짧았던 봄이 지나고, 딱 얼굴 찡그리지 않을 정도로만
따뜻하게 느껴지는 초여름의 공기가 느껴지기 시작하면 내
생일이 온다. 올해도 내가 원하는 소박한 생일을 보내기 위해,
남편과 나는 미리 예약한 레스토랑에서 즐거운 식사를 하고
집에 돌아왔다. 그런데 이게 꿈인가 생시인가? 테이블 위에
초콜릿 케이크가 올려져 있다. 귀여운 접시 위 투박하게 바른
초콜릿 아이싱과 사랑스러운 스프링클 장식. 믿기 어려운
광경에 깜짝 놀라 물었다. "이게 뭐야?!" 남편이 멋쩍게 웃으며
자기가 만들었다고 한다. 분명 예상치 못한 무언가를 준비할
거라고 생각은 했지만 그중 하나가 직접 만든 케이크일 거라곤
짐작하지 못 했다. 이걸 정말로 처음부터 끝까지 만들었다고?
수차례 묻고 확인하다 맛본 케이크는 내가 살면서 먹어본
케이크 중 손에 꼽힐 정도로 맛이 좋았다. 요리는 잘해도
베이킹과는 거리가 먼 남편의 어색한 시도는 그야말로
홈런이었다. 맛있고 고맙기도 했지만 베이킹이라고는 평생 두어
번 해봤을까 싶은 남편의 케이크가 이렇게 맛있다니, 여태 난

뭘 잘못하고 있었던 것일까.

　남편의 정성을 무시하는 것은 아니지만 뭔가 의심 가는 구석이 있어 케이크를 먹으면서 어떤 레시피인지 당장 알려달라고 조용히 취조했다. 표정으로 드러나는 어색함에 계속해서 물으니, 실은 미국산 박스 믹스 케이크(미리 건재료만 섞어 종이 패키지에 담은 제품으로, 달걀과 액체 재료만 더해 쉽게 케이크를 만들 수 있도록 파는 제품)라고 실토했다. 내가 미국식 박스 믹스 케이크와 슈퍼마켓에서 파는 아메리칸 버터크림 아이싱에 대한 이야기를 종종 하던 것을 기억해뒀다가 어떻게 구해서 만들었다고 한다. 그 대답에 어떤 실망이나 '그럼 그렇지!' 같은 생각보다는, 박스 믹스 케이크가 이렇게나 맛있다니, 그동안 내가 해온 노력은 가치가 있기는 한 것일까, 혼란스러웠다. 그런데 그보다 더 의아한 것이 초콜릿 아이싱이었다. 그것만큼은 남편이 직접 만들었다고 한다. 미국식 아이싱을 만들려고 했는데 슈거파우더를 찾지 못해 방법을 고민하다가 어민 프로스팅ermine frosting(밀가루와 설탕 등을 이용해 만드는 버터크림의 한 종류)이라는 것을 찾았다고 한다. 일반적인 버터크림과는 만드는 방법과 재료가 무척 다른 이 아이싱에는 슈거파우더나 달걀 흰자도 들어가지 않는다. 20세기 초반부터 전해지는 밀가루와 우유를 되직하게 끓인 다음 휘핑해서 만드는 오래된 방식의 아이싱이다. 이것에 대해

들어본 적은 있지만 밀가루를 넣어 만드는 방법이 생소하고 어떤 맛일지 상상하기 어려워 시도하지 않았는데, 남편은 그냥 되는 대로 해봤다고 한다. 여기서 중요한 것은 이 아이싱이 정말 상상을 초월하게 맛있다는 점이다. 부드러운 초콜릿 푸딩 같으면서 느끼하지 않다. 분명 믹서가 필요했을 텐데 그것은 어떻게 했냐고 하니 그냥 거품기로 빠르게 휘핑했고 레시피에 나온 코코아파우더는 너무 많은 것 같아 적당히 줄여서 넣었다고 한다. 충격의 연속이었다. 케이크 시트는 내가 만들어보거나 먹어본 그 어떤 시트보다 부드럽고 가벼웠다. 아이싱은 풍부한 초콜릿 맛이 딱 알맞게 달고 푸딩처럼 부드럽지만 부담스럽지도 않은 맛이었다. 가볍고 맛있는 케이크에 완벽하게 어울린다.

까다롭게 레시피를 골라 잘 갖춰진 도구들과 정확히 계량한 재료로 열심히 만들어도 내 맘에 딱 드는 케이크를 만든 적이 없었는데 박스 믹스 케이크와 이 생소한 아이싱으로, 별다른 스킬이 없는 남편이 만든 케이크가 이렇게 맛있었다. 올해 내 생일은 이런 대단한 것을 알게 된 것으로 기념했다. 어떻게 해보지도 않은 걸 할 생각을 했냐니까, 그냥 하면 되지 않을까 싶어서 했다고 한다. 케이크 만드는 일이 상상했던 것보다는 오래 걸려 진땀 빠졌지만 어떻게든 해결은 되더라고. 빠르게 휘핑해야 했을 텐데 스탠드 믹서는 어떻게 썼냐고 하니 그냥 손으로 마구 휘핑했다고 한다. 박스 믹스 케이크를 먹어본 지 너무 오래되어 그 맛과 감촉도 기억나지 않아 상상 속에만 존재했던 미국식 케이크와의 랑데부를 이렇게 하게 되었다. 한 조각에서 멈출 수 없는 위험한 맛까지도 내 상상 그대로였다. 완벽하게 준비가 안 되거나 수준 미달이라는 생각에, 또는 멋지게 한 번에 성공하지 못하면 어쩌나, 재능이 없나 하며 시도하지 않은 것들이 얼마나 많았나. 시작도 하기 전에 포기했던 일상의 수많은 기회들을 나는 어떻게 지나쳤을까.

베이킹을 거의 해보지도 않은 사람이 카늘레를 만들어 팔겠다는 소식에 걱정이 앞선 데는 이유가 있다. 몇 년 전 카늘레가 좋아서 그것을 집에서 만들어보려고 했다. 만드는 법을 배우러 간 카늘레 샵의 주인이자 클래스의 선생님은 본인의 카늘레에 대한 자부심이 대단하고 자기 철학이 엄청나다는 것을 알 수 있었다. 이런 카늘레 저런 카늘레를 비교하며 어떤 카늘레가 가장 좋은 것인지, 어떻게 만들어야 하는지에 대해 상당히 확고한 가치관을, 카늘레에 대해선 아는 게 없었던 나는 그저 '아 그렇구나' 하며 수긍할 수밖에 없었다. 정성스럽게 밀랍을 녹여 카늘레 틀 안쪽을 하나하나 정성 들여 코팅하고 카늘레를 굽고 또 정리하는 과정에서 선생님이 강조했던 것은 카늘레 만들기가 얼마나 번거로운지에 대한 것이었다. 가장 의아했던 점은, 카늘레는 정말 힘드니 팔지 않는 게 낫다, 남는 것도 없다, 정 하고 싶다면 납품을 받거나 더 쉬운 제품을 만들라고 연신 조언하던 것이었다. 고온의 오븐에서 나오는 연기를 환기하는 시설도 설치해야 하고 많이 다치기도 한다며. 가정에서 만드는 것에 대해 물어보니, 반드시 고가의 프랑스산 동 틀을 사용해야 하는데 해외 주문으로만 살 수 있고 가격이 너무 비싸 추천하지 않는다고, 구한다 하더라도 가정용 오븐에서는 아마 수준에 못 미치는 품질일 것이라고 했다. 숨기지 못했던 내 표정을 선생님도 봤을까. 카늘레를 만들고 클래스에서 가르치기도 하는 사람이 이렇게 카늘레에 비관적일 수가 있나, 조금 코믹하기까지 했다. 문득 오래전에 보았던 코미디 쇼에서 한 셰프가 다양한 과일을 별, 하트, 동그라미 등의 모양으로 정성 들여 자르도록 한 뒤 그것을 그대로 믹서에 넣어서 갈아버리던, 콩트의 한 장면이 생각났다. 그때의 경험으로 인해 카늘레를 만들어 파는 것은 뜯어말리고 싶게 된 것이다.

식음료 사업에 대한 경험이 전무한 지인은 오직 커피와 공간에 대한 확실한 비전을 실현하기 위해 손수 땅을 다졌다. 1년 넘게 공부하고 발로 뛰며. 나라면, 내가 만든 청사진을 실현하기 위해 내 손으로 직접 마른 땅의 잡초를 뽑고 돌을 골라낼 수 있었을까. 그보다는 가장 먼저 누구에게 일을 맡길지, 예산은 얼마일지 생각하는 것이 자연스러운 수순이었을 것이다.

이것은 어디서 구했냐고 하니 직접 만들었고, 저건 어디서 주문했냐고 하니 직접 설계하고 용접만 맡겼단다. 하나하나 짚어가며 물어봐도 돌아오는 대답은 같았다. 그렇다. 이 카페엔 어디서 본 듯한 집기나 가구가 거의 없다. 익숙한 형태에도 처음 느끼는 이상한 에너지가 있어 이 공간에 처음 방문했을 때와 어느 정도 시간을 보냈을 때의 기분이 다르다. 이미 봤던 것이라고 생각했던 것들이 낯설고 새롭게, 마치 특별하게 주문 제작한, 단순하지만 멋진 옷 한 벌처럼 느껴진다. 그렇게 느껴지는 이유는 분명하다. 공간 구석구석 어설픈 곳이 있고 세상에 있는 흔한 재료를 가지고 가구를 만든다 하더라도, 하나하나에 그의 가치가 투영되기 때문이다.

너무 몰라서 또는 쉽게 보고 자신감에 넘쳐, 해보지 않은 것에 무턱대고 도전하는 것과는 매우 다른 이야기다. 본인이 얼마나 모르는지도 알고 있고 성공할 것이라는 자신감도 없지만 일단 해보고 배우고 알게 되는 과정에 대한 확신이 그 핵심이다. 잘하고 싶은 것이 있어 그것을 반복하고 연습해 기술이나 실력을 얻게 되는 과정은 너무 분명하다. 이 당연한 순리의 첫 발짝을 디딜 수 없게 만드는 것은 무엇일까. 학생 때, 어느 교수가 종종 하던 이야기가 생각난다. 더 경험이 쌓이고 아는 것이 많아질수록 지금 하고 있는 근거 없는

상상과 무턱대고 하는 새로운 시도들은 점점 더 못 하게 된다. 안 되거나 어렵다는 것을 알기 때문에, 또 어떻게 해야 빠르게, 쉽게 할 수 있는지 잘 아는 만큼 예술가가 할 수 있는 표현의 범위는 줄어든다. 그러므로 많이 아는 것보다는 모르는 편이 낫다. 그것이 많은 것을 쉽게 만들어준다.

누군가가 태어나 처음 만들어 보는 생일 케이크가 이렇게 완벽할 수 있는 데 필요한 것은 경력이나 경험, 대단한 테크닉이 아니었다. 목표나 바람이 있고 그것을 이루어야 하기에 처음일지라도 해보는 일들, 실패와 리스크를 염두에 둔 시도, 나의 부족함을 마주쳐도 당황하거나 실망하지 않을 수 있는 마음이다.

과일 재료를 이용한 케이크를 만드는 것은 왠지 모르게 번거롭고 어려운 것 같아 몇 년을 피하다, 제철이 되어 맛본 체리 맛이 좋아서 꼭 케이크에 넣고 싶어졌다. 어떻게 만들까 고민하다 몇 년 전 일본 출장에서 팀원들과 헤어져 혼자 찾아간 과자점에서 먹은 디저트가 생각났다. 슈 속을 크림으로 채우고 그 위엔 피스타치오 크림을 얹은 뒤 생체리를 몇 개 얹은 디저트였다. 대단히 새로운 디저트는 아니었지만 피스타치오나 생체리를 넣은 디저트를 처음 먹어봤기 때문에 놀랍기도 했고, 그때서야 피스타치오의 맛을 이해하게 되기도 했다.

몇 년이 지나 생각난 그 맛을 만들어 보고 싶어서 제철이라 맛이 좋은 체리와 껍질을 벗긴 생생한 연두색의 피스타치오를 구해 케이크를 만들었다. 크림은 남편이 만들어준 생일 케이크의 어민 프로스팅으로 하기로 했다. 기본적으론 바닐라 버터크림이지만 거기에 체리와 어울릴 아몬드 향을 더하고 과일의 향을 극대화하기 위해 체리 향의 키르슈리큐어를 조금 넣었다. 아몬드 케이크에 곱게 간 피스타치오를 섞으니 꽤 멋진 연둣빛 케이크가 구워졌다. 처음으로 케이크 옆면에 크림을 바르지 않고 재료가 드러나 보이게 장식하는 방식을 시도해보기로 했다. 무스 띠를 사용하다 크게 실패했던 적이 있어 걱정이 많았다. 무스 링 안에 높은 무스 띠를 두르고 케이크와 크림을 담고, 체리의 자른 단면이 보이도록 촘촘히 두르는 것을 반복하고 맨 위를 크림과 피스타치오 장식, 줄기를 떼지 않은 체리로 장식했다. 냉장고에서 2시간 정도 굳히고 조심스럽게 무스 띠를 떼어내본다. 내가 만든 것 중 이렇게 완전하게 내 마음에 든 케이크는 이것이 처음이었다. 아무리 애써도 깨끗하게도, 계획대로도 되지 않던 케이크 장식이, 무턱대고 처음 시도해본 방식의 케이크에서 이렇게 멋지게 나오다니! 가장 멋진 것은, 내가 생각하는 것 이상으로 맛있는 케이크라는 것이었다. 피스타치오의 향, 신선한 체리, 그리고 체리 향을 닮은 아몬드 익스트랙트의 맛이 느끼하지 않은

새로운 아이싱과 무척 잘 어울렸다. 연둣빛 케이크 시트와
하얀 아이싱, 영롱한 체리가 차례로 쌓여 이뤄낸 깨끗하고
멋진 케이크. 모르면 모르는 대로 감수하는 리스크에는 실패도
따르지만 가끔은 기대 이상의 보상도 따른다. 일단 저지르고
볼 마음으로 만든 이 체리 피스타치오 케이크는, 위험을 감수한
승리자의 트로피처럼 빛나는 도전의 결과물이다.

파도를 넘어서 케이크

1판1쇄 펴냄 2022년 6월 16일

지은이
이재연

펴낸곳
(주)출판사 클

펴낸이
김경태

출판등록
2012년 1월 5일 제311-2012-02호

편집
홍경화 성준근 남슬기 한홍비

주소
03385 서울시 은평구 연서로26길 25-6

디자인
신해옥(신신) / 박정영 김재현

전화
070-4176-4680

마케팅
전민영 서승아

팩스
02-354-4680

경영관리
곽근호

이메일
bookkl@bookkl.com

ISBN
979-11-90555-81-4 03810